quando nada está acontecendo

do quando nada está acontecendo quando nada está acontec
da está acontecendo quando nada está acontecendo quando n
quando nada está acontecendo quando nada está acontecend
do quando nada está acontecendo quando nada está acontec
da está acontecendo quando nada está acontecendo quando n
quando nada está acontecendo quando nada está acontecend
do quando nada está acontecendo quando nada está acontec
da está acontecendo quando nada está acontecendo quando n
quando nada está acontecendo quando nada está acontecend
do quando nada está acontecendo quando nada está acontec
da está acontecendo quando nada está acontecendo quando n
quando nada está acontecendo quando nada está acontecend
do quando nada está acontecendo quando nada está acontec
da está acontecendo quando nada está acontecendo quando n
quando nada está acontecendo quando nada está acontecend
do quando nada está acontecendo quando nada está acontec
da está acontecendo quando nada está acontecendo quando n
quando nada está acontecendo quando nada está acontecend
do quando nada está acontecendo quando nada está acontec
da está acontecendo quando nada está acontecendo quando n
quando nada está acontecendo quando nada está acontecend
do quando nada está acontecendo quando nada está acontec
da está acontecendo quando nada está acontecendo quando n

noemi jaffe

quando nada está acontecendo

ilustrações : vivian altman

martins fontes
selo martins

© 2011 Martins Editora Livraria Ltda., São Paulo, para a presente edição.
© 2011 Noemi Jaffe.

Publisher	*Evandro Mendonça Martins Fontes*
Coordenação editorial	*Vanessa Faleck*
Produção editorial	*Danielle Benfica*
Preparação	*Denise Roberti Camargo*
Revisão	*Paula Passarelli*

Dados Internacionais de Catalogação na Publicação (CIP)
(Câmara Brasileira do Livro, SP, Brasil)

Jaffe, Noemi
    Quando nada está acontecendo / Noemi Jaffe. – São Paulo : Martins Fontes – selo Martins, 2011.

    ISBN 978-85-8063-024-4

    1. Ficção brasileira I. Título.

11-07551   CDD-869.93

Índices para catálogo sistemático:
1. Ficção : Literatura brasileira   869.93

Todos os direitos desta edição reservados à
Martins Editora Livraria Ltda.
Av. Dr. Arnaldo, 2076
01255-000 São Paulo SP Brasil
Tel. (11) 3116.0000
info@martinseditora.com.br
www.martinsmartinsfontes.com.br

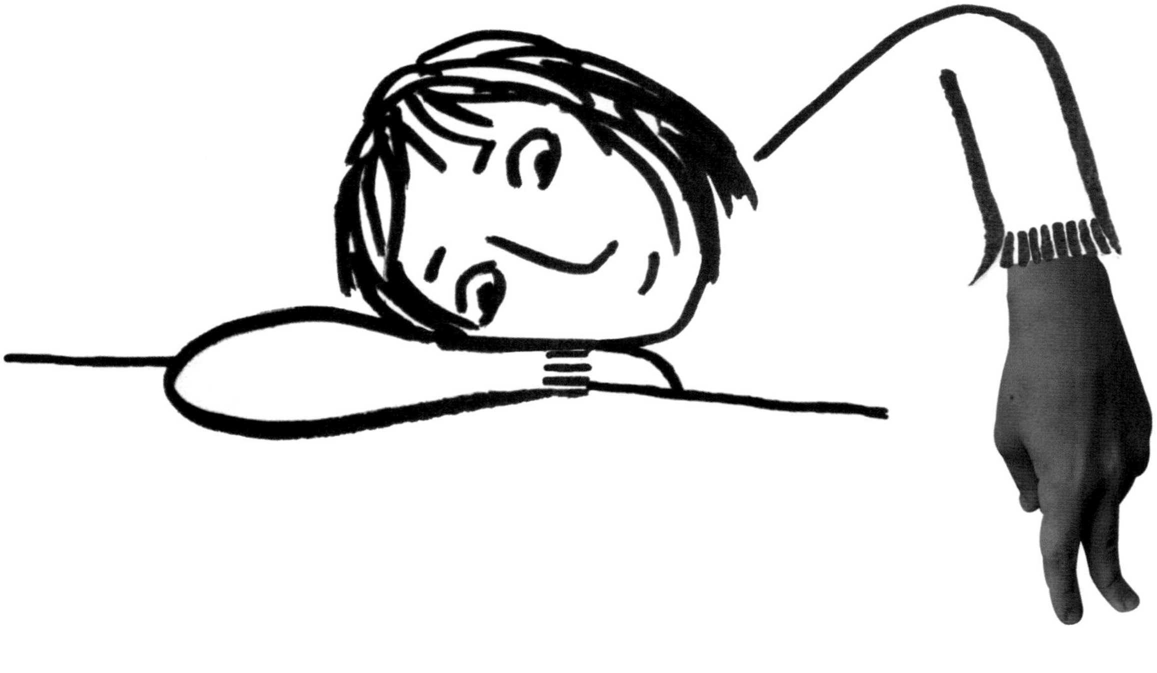

sumário

paisagem 9 | SEGUNDA-FEIRA, 11 DE MAIO

ônibus 11 | QUARTA-FEIRA, 13 DE MAIO

lagarta 13 | QUINTA-FEIRA, 14 DE MAIO

língua 15 | TERÇA-FEIRA, 19 DE MAIO

fundo 17 | SÁBADO, 6 DE JUNHO

nariz 19 | QUARTA-FEIRA, 10 DE JUNHO

missa 21 | SEXTA-FEIRA, 19 DE JUNHO

entrevista 23 | QUARTA-FEIRA, 15 DE JULHO

gengibre 25 | DOMINGO, 19 DE JULHO

táxi 27 | DOMINGO, 2 DE AGOSTO

escambo 29 | TERÇA-FEIRA, 4 DE AGOSTO

tempo 31 | SÁBADO, 8 DE AGOSTO

fiel 33 | DOMINGO, 16 DE AGOSTO

lista 35 | SEXTA-FEIRA, 21 DE AGOSTO

discussão 37 | SEGUNDA-FEIRA, 31 DE AGOSTO

estatuto 39 | DOMINGO, 4 DE OUTUBRO

rugas 41 | SÁBADO, 24 DE OUTUBRO

amarelo 43 | TERÇA-FEIRA, 17 DE NOVEMBRO

amor 45 | TERÇA-FEIRA, 1º DE DEZEMBRO

porcelana 47 | QUINTA-FEIRA, 10 DE DEZEMBRO

não 49 | SEXTA-FEIRA, 11 DE DEZEMBRO

pera 51 | TERÇA-FEIRA, 15 DE DEZEMBRO

trema 53 | QUARTA-FEIRA, 23 DE DEZEMBRO

sebo 55 | DOMINGO, 27 DE DEZEMBRO

azul 57 | SEGUNDA-FEIRA, 11 DE JANEIRO

gata 59 | SEXTA-FEIRA, 15 DE JANEIRO

perda 61 | SEXTA-FEIRA, 22 DE JANEIRO

baleia 63 | TERÇA-FEIRA, 26 DE JANEIRO

complicação 65 | SÁBADO, 6 DE FEVEREIRO

flor 67 | SEGUNDA-FEIRA, 22 DE FEVEREIRO

sonho 69 | QUINTA-FEIRA, 25 DE FEVEREIRO

integridade 71 | SEXTA-FEIRA, 26 DE FEVEREIRO

bobeira 73 | QUINTA-FEIRA, 18 DE MARÇO

habilidade 75 | TERÇA-FEIRA, 23 DE MARÇO

língua 77 | QUARTA-FEIRA, 31 DE MARÇO

foto 79 | SEGUNDA-FEIRA, 5 DE ABRIL

sumário

dúvida 81 | SEXTA-FEIRA, 9 DE ABRIL

vela 83 | SÁBADO, 24 DE ABRIL

coisa 85 | SÁBADO, 1º DE MAIO

terra 87 | TERÇA-FEIRA, 4 DE MAIO

salsicha 89 | QUINTA-FEIRA, 6 DE MAIO

lembrança 91 | SEGUNDA-FEIRA, 10 DE MAIO

mar 93 | QUARTA-FEIRA, 19 DE MAIO

lagarta 95 | SEGUNDA-FEIRA, 31 DE MAIO

simplicidade 97 | QUARTA-FEIRA, 2 DE JUNHO

angústia 99 | SÁBADO, 5 DE JUNHO

demora 101 | SEXTA-FEIRA, 11 DE JUNHO

erro 103 | SEGUNDA-FEIRA, 14 DE JUNHO

saudade 105 | SEGUNDA-FEIRA, 21 DE JUNHO

gobelinhos 107 | QUINTA-FEIRA, 8 DE JULHO

acento 109 | QUINTA-FEIRA, 22 DE JULHO

caras 111 | QUINTA-FEIRA, 29 DE JULHO

carlota 113 | SEGUNDA-FEIRA, 2 DE AGOSTO

contra 115 | QUARTA-FEIRA, 4 DE AGOSTO

torre 117 | QUINTA-FEIRA, 5 DE AGOSTO

fechadura 119 | SEXTA-FEIRA, 6 DE AGOSTO

ou 121 | QUINTA-FEIRA, 12 DE AGOSTO

machado 123 | TERÇA-FEIRA, 17 DE AGOSTO

ser 125 | SEXTA-FEIRA, 27 DE AGOSTO

sim 127 | DOMINGO, 29 DE AGOSTO

paixão 129 | SÁBADO, 4 DE SETEMBRO

skype 131 | QUINTA-FEIRA, 9 DE SETEMBRO

dente 133 | SÁBADO, 18 DE SETEMBRO

oi 135 | SEGUNDA-FEIRA, 20 DE SETEMBRO

fresta 137 | QUINTA-FEIRA, 23 DE SETEMBRO

bastante 139 | SEXTA-FEIRA, 24 DE SETEMBRO

intersecção 141 | SEXTA-FEIRA, 1º DE OUTUBRO

bacalhau 143 | QUINTA-FEIRA, 14 DE OUTUBRO

mortadela 145 | TERÇA-FEIRA, 19 DE OUTUBRO

ovo 147 | DOMINGO, 24 DE OUTUBRO

finalidade 149 | TERÇA-FEIRA, 26 DE OUTUBRO

vão 151 | QUARTA-FEIRA, 3 DE NOVEMBRO

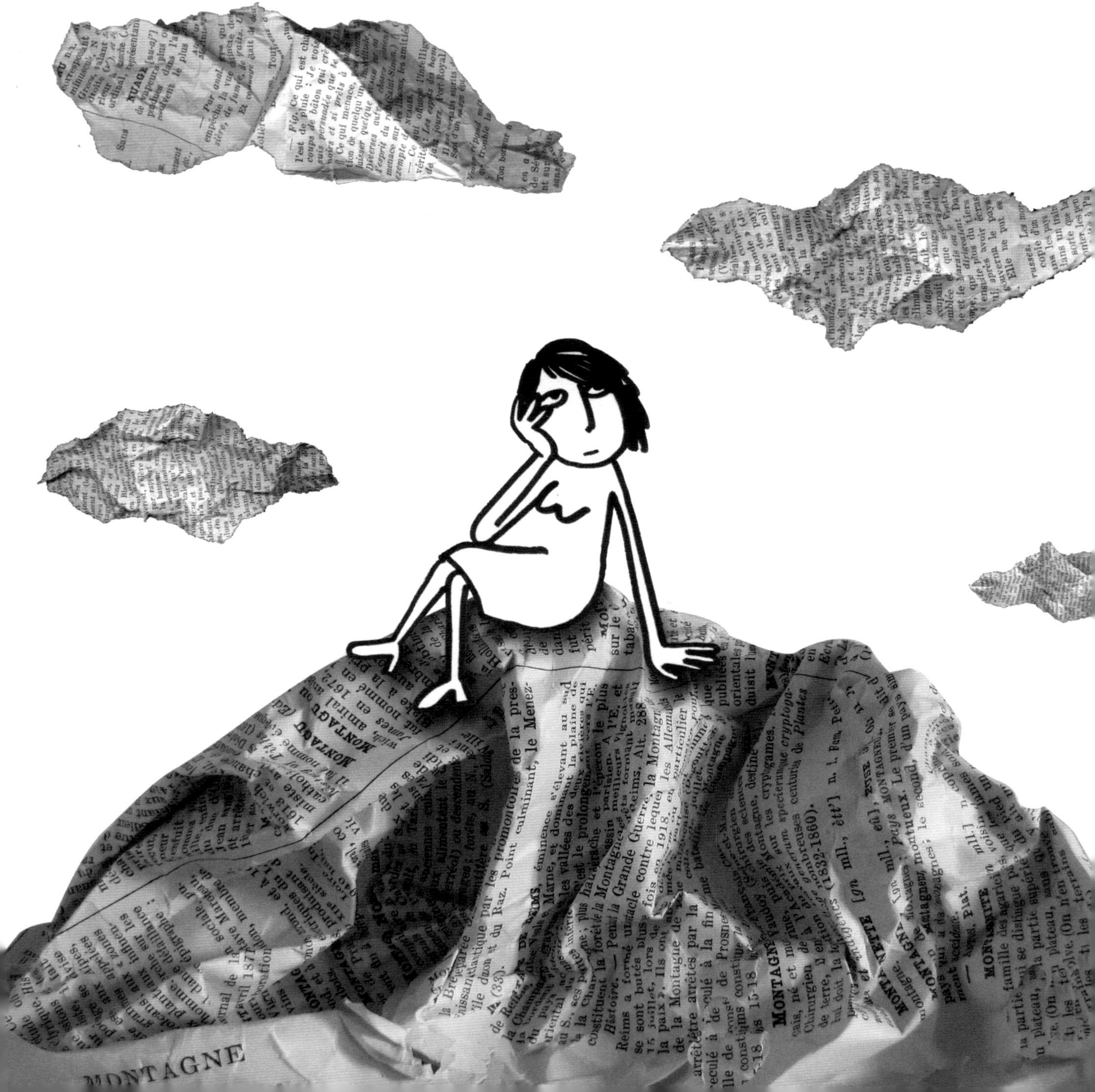
MONTAGNE

paisagem

tenho muita vergonha de confessar, mas não sei apreciar paisagens: não consigo ficar horas olhando as montanhas, o mar, uma pedra. sinto que tenho uma dívida para com meu sentido visual e também para com a natureza. deveria saber olhar, extrair ideias ou então simplesmente nada. me deixar estar junto às coisas que são só as coisas. mas daí começo a pensar que elas são só as coisas e como é bonito ser só isso e daí já fui embora. estou sempre indo embora para as palavras. elas é que são minha paisagem, minha natureza, e adoro ficar olhando para a palavra mar, a palavra montanha, a palavra pedra.

ônibus

quando minha avó chegou ao brasil, em mil novecentos e quarenta e nove, tinha muito pouco estudo e vinha de uma situação de pobreza e sofrimento extremos. foi morar na rua josé paulino, num apartamento emprestado, onde havia um corredor estreito e comprido, em que ela estendia peças de tecido, cortava e costurava roupas para crianças, junto com minha mãe. depois ela punha as roupas numa maleta e saía para vender: na rua, em feiras, em lojas. uma vez, quando ela ainda não falava nada de português (como quase não falou pelo resto da vida), ela perguntou que ônibus deveria tomar para ir até a avenida são joão. falava sao ioao, porque o j, em iugoslavo, tem som de i. depois de muita gesticulação, disseram para ela tomar o ônibus número trinta e dois. ela ficou parada no ponto, esperou passarem trinta e dois ônibus e entrou.

lagarta

o marceneiro que estava aqui em casa me disse: olha! na ameixeira do quintal tinha uns doze papagaios. grandes, azuis e verdes, comendo ameixas. comiam como se fossem macaquinhos. descascavam a pele, mordiam e cuspiam o caroço fora. fiquei dançando pela casa como uma lagarta listrada. à noite falei pro joão: vieram doze papagaios aqui. ele disse: que nada, eram só maritacas.

língua

tinha um homem distribuindo jornais na rua. ele mostrou a língua para uma mulher e fez um barulho. eu mostrei a língua para ele e fiz um barulho igual. ele riu. eu ri. foi bom.

fundo

o editor perguntou se eu queria entrevistar o chico buarque. quero muito! é uma das coisas que eu mais quero! na entrevista, quatro jornalistas e eu. eles perguntavam se ele beijou a moça no fundo do mar, se ele sabia que ela era casada, se ele escrevia ao mesmo tempo que lia, se achava bom o lula. eu só ficava olhando. quase no final, eu perguntei: chico, você é triste? ele disse que triste, ele, não. enrubesci e me calei. puxa, que droga que o chico não é triste.

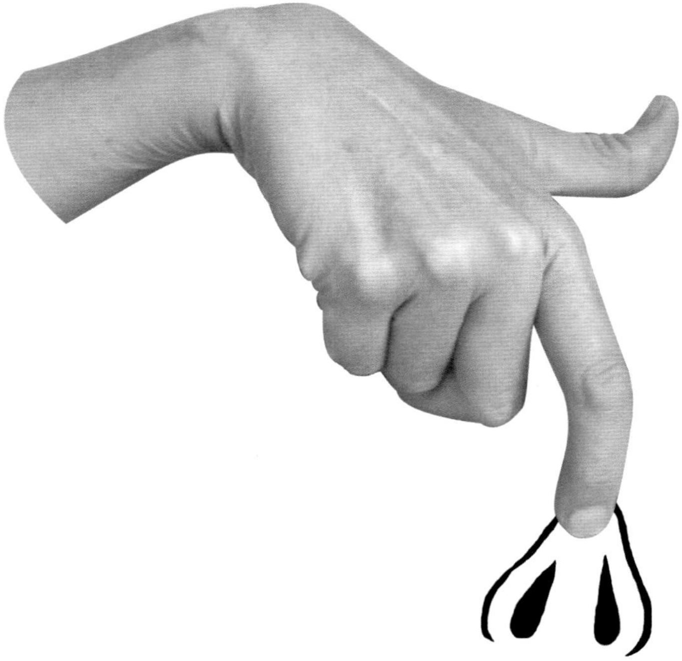

nariz

na quinta ou sexta série do ginásio, eu tinha um colega, que sentava logo atrás de mim, chamado ovadia saadia. para uma escola conservadora e de bairro, podia-se dizer que ele já era bem cosmopolita e com um sentido estético apurado, pois adorava filmes hollywoodianos dos anos 40 e cinema francês. tinha uma coleção de pôsteres raros e era, como todos, fanático pela brigitte bardot. ele dizia que me achava bonita e que, não sendo por meu nariz volumoso e torto, eu pudesse talvez passar por uma atriz francesa. ele ficava empurrando meu nariz para cima, tentando arrebitá-lo e ver como seria meu rosto assim, de nariz empinado. hoje ele continua se chamando ovadia saadia e é colunista social. sempre recebo e-mails com informações da sua coluna. ovadia, até hoje eu me olho no espelho de vez em quando, empino o nariz e fico olhando se eu poderia passar por uma atriz francesa.

...стижимой. Воскрес с...
...льной Божий любви. И...
...ределяет отношение Бога к м ир...
...ействием непостижимой. Воскрес силой и действи...
...победительной Божий любви. Именно люб...
определяет отношение Бога к м иру,
...дней творения до наших дней, и от
...эта Любовь, и от первых
...дней Именно любовь
...Бога к м иру. Именно любовь
...Бога к м иру. Именно любо...
определяет отношение
Бога к м иру.

missa

fui fazer uma inalação no pronto-socorro. na minha frente, um rapaz de camisa vermelha, celular na mão, cantarolava sem parar, em voz bem alta, uma canção em uma língua desconhecida. para mim soava como alguma derivação do russo. ele tirava sangue lentamente e comentava também os movimentos da seringa e dos fios. comentava para ninguém, só para si mesmo. nós todos ali, naquela sala, inalando ar, reunidos, e o moço cantando. to rro li shat la kav nin tlo piiiis. os enfermeiros passando e perguntando: melhorou? de um a dez quanto você está sentindo de dor? quer levar o inalador para casa? não. tadinho do inalador. ninguém quer levar ele para casa. ao mesmo tempo me sentia a mais solitária das resfriadas, mas, também, senti fazer parte de uma comunhão de respiradores, embalada pela cantiga estranha. moço da cantiga estranha, você me salvou da burocracia da gripe e a transformou em uma missa russa.

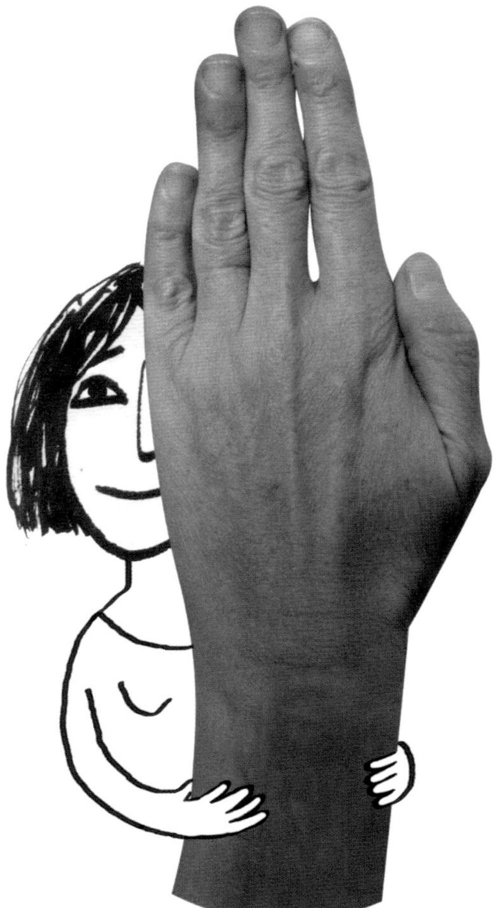

entrevista

quase consegui entrevistar a sophie calle, mas não deu certo. passeando por uma outra exposição, os monitores me seguiam obsessivamente com os olhos. finalmente um deles tomou coragem, se aproximou de mim e me abordou: desculpe, mas você é a sophie calle? mais si, je suis sophie calle. mais excuzes mois, je ne parle pas portugais. sô um pouc, com sotac. ah, mas você fala bem português. ê qu eu estudê um poc. ah! e você está gostando do brasil? muit. ê muit interressant. tiraram fotos comigo e ficaram felizes. também fiquei. não só a entrevistei como a conheci por dentro e fui um trabalho dela que nem mesmo ela chegou a saber.

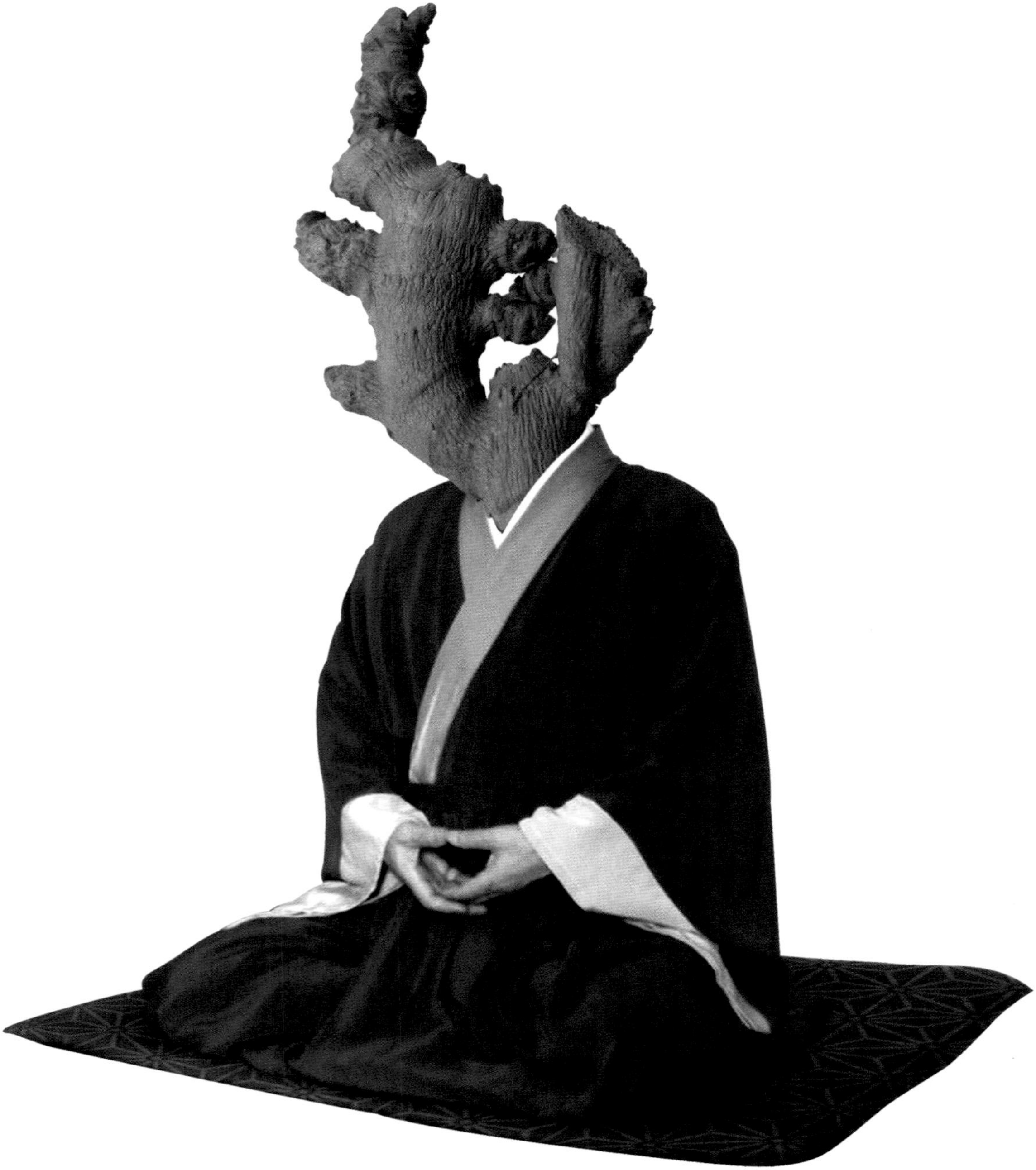

gengibre

comprei um ralador de porcelana pequeno de uma face só. parece que sua função principal é ralar gengibre. ele é lindo e se parece com alguma ferramenta japonesa de uma dinastia no, em que os cozinheiros imperiais se esmeravam na preparação de pratos raros e cheios de especiarias finas. resolvi então fazer uma sopa de abóbora com gengibre. fui ralar o gengibre bem fresco, ainda úmido e cheiroso, e todas as fibras da raiz ficaram entaladas no ralador. precisei ficar batendo e retirando com um palito. mas enquanto retirava minuciosamente as fibras com uma espécie de estilete que inventei com o palito de dentes, fiquei pensando em muitas coisas boas e ruins, misturadas ao apelo da tarefa detalhada, ao cheiro forte e à expectativa da sopa. é claro. deve ser para isso que serve esse ralador.

táxi

quando voltamos ao hotel de varsóvia, o kanonia, à meia-noite e meia, a leda descobriu que tinha perdido o celular. liguei para o número dela e atendeu um senhor de voz grossa: álo! álo! speak english? no, no anglutski. polska. telefon? da, telefon. ia jezuitska ulitsa. daí só entendi o cara dizer, bem bravo, que não levaria o telefone na rua jesuitska coisa nenhuma. fiquei tentando falar o polonês que não falo. du, táxi? da, supertáxi. ele era o supertáxi. levei correndo o telefone para a recepcionista do hotel, que era praticamente uma espelunca, e ela conversou com o motorista. disse que ele não viria trazer o celular, que estava próximo dali e que devolveria o celular a um custo de vinte zlotys, contanto que nós fôssemos buscar. eu já estava de pijamas. coloquei um casaco por cima do pijama, as botas e fomos, numa neve que chegava até os nossos joelhos, atravessar a cidade antiga para encontrar o motorista do supertáxi. chegamos, pagamos e ele nos devolveu o celular sem falar nem uma palavra. voltamos rindo, chorando mesmo de rir, molhadas e inventamos o supertáxi, um super-herói que resgata celulares a vinte zlotys e que só tinha entrado em ação uma única vez, talvez para nunca mais.

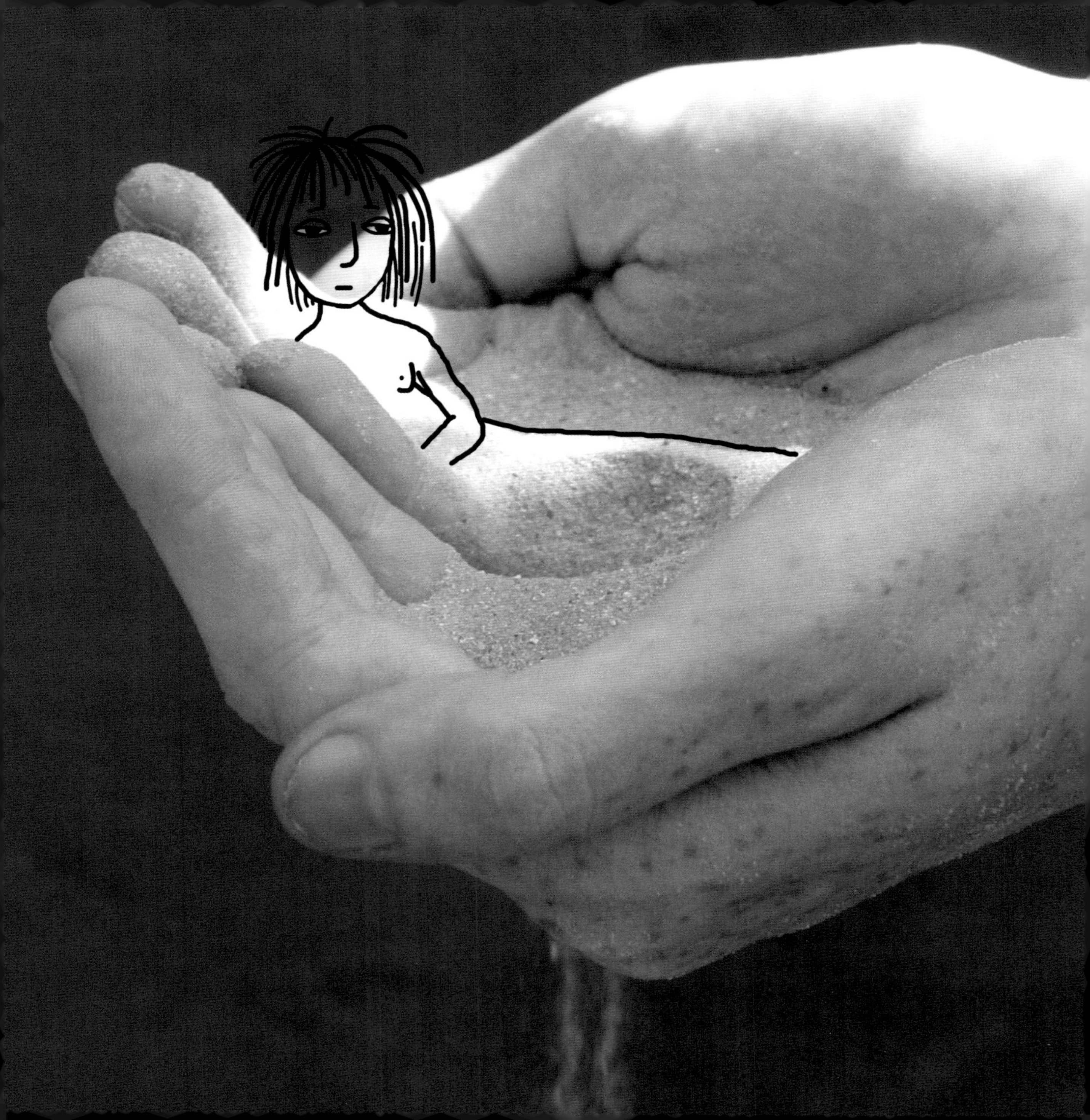

escambo

os minutos que vêm logo depois de acordar, ainda entre o sono e a vigília, são cheios de possibilidades que, assim que a vigília predomina, soam absurdos. durante esses minutos tenho certeza de que vou publicar um livro único sobre o qual ninguém nunca tinha pensado e que vai fazer um sucesso internacional; encontro uma maneira de conseguir visitar minha mãe todos os dias; descubro um jeito de fazer escambo com os melhores restaurantes da cidade: redijo os cardápios e, em troca, eles me oferecem jantares de graça por um ano. não, mais de um ano, quem sabe para sempre. essa brecha de luz embaçada, esse tempo não cronológico, não linear, entre a entrega ao outro e a posse de si mesmo, é um momento privilegiado, que eu gostaria de agarrar com os dedos e levar comigo na bolsa. nos momentos chatos do dia, eu o tiraria de lá, vestiria como se fossem óculos e veria o mundo com cores esfumaçadas, brilhantes, do jeito que eu quisesse.

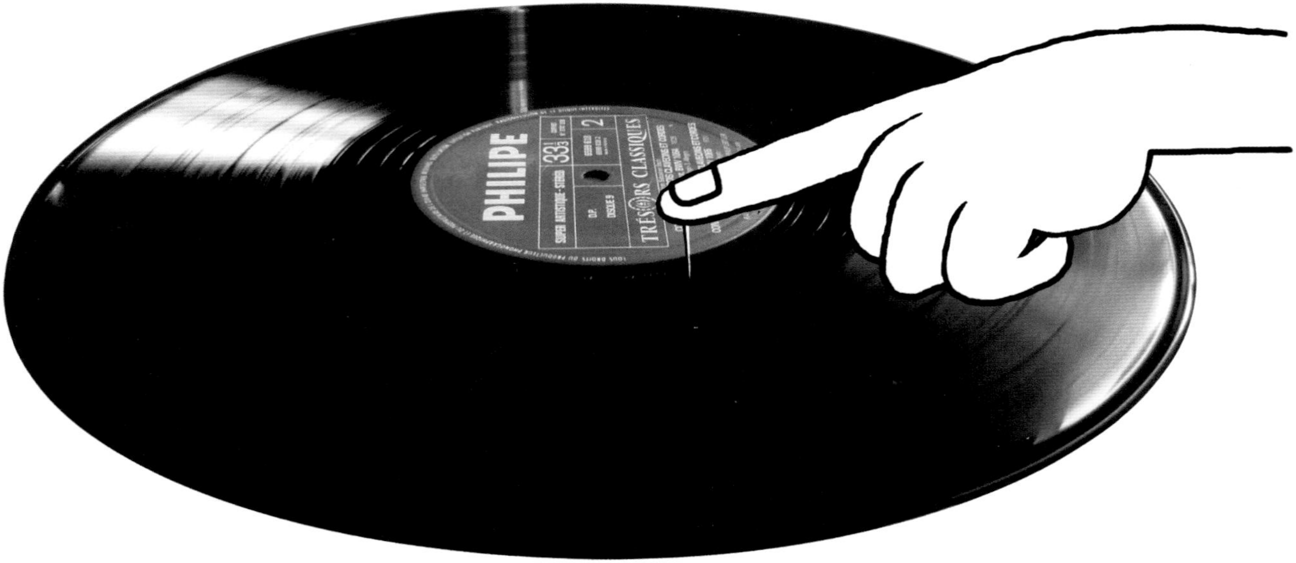
PHILIPE
2

tempo

meu pai gostava muito da elis regina. quando ela morreu, de forma inesperada e trágica, ele não se conformou. de repente, do nada, no meio de um silêncio na sala, ele dizia, com o seu sotaque: elis regina móreu. e assim ficou. mesmo cinco anos depois da morte dela, quando baixava um silêncio e ninguém tinha o que dizer, por motivos bobos ou graves, ele dizia: elis regina móreu. nós ríamos muito. mas para ele era a síntese lapidar do tempo que passa e não poupa nem a nós nem à elis regina. hoje meu pai já não está mais aqui, muitos outros também não estão e, muitas vezes, quando baixa um silêncio e eu sinto o tempo passando bem rente de mim, até ouvindo seu barulho, me pego dizendo: elis regina móreu.

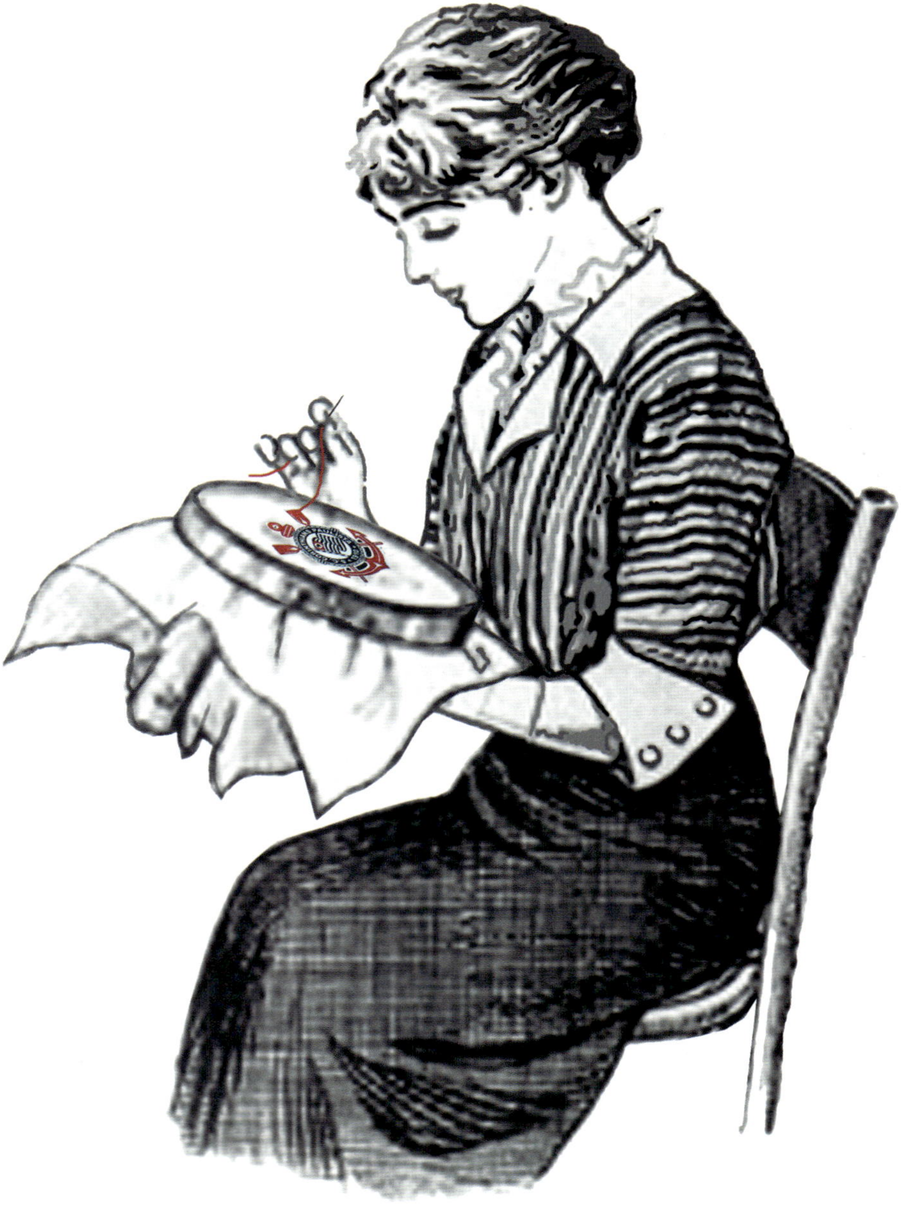

fiel

no ônibus, em meio a um grupo grande de corintianos que batiam no teto, batucavam e cantavam hinos da fiel, eu me continha nervosa, porque queria e não queria participar. ficava olhando curiosa, mas desviava o olhar quando coincidia com o deles. eu ia ao cinema e eles, claro, ao jogo. fiquei com um pouco de vergonha de ir ao cinema, em meio àquela manifestação feliz de iminência do jogo, à qual nenhum cinema se compara. quando chegava perto do meu ponto, um torcedor me perguntou: você é corintiana? respondi que sim. imediatamente, eles, juntos, começaram a cantar: uéu, uéu, uéu, tiazinha é da fiel! pronto, me puseram no meu lugar bem rápido e eu pude ir ao cinema tranquila.

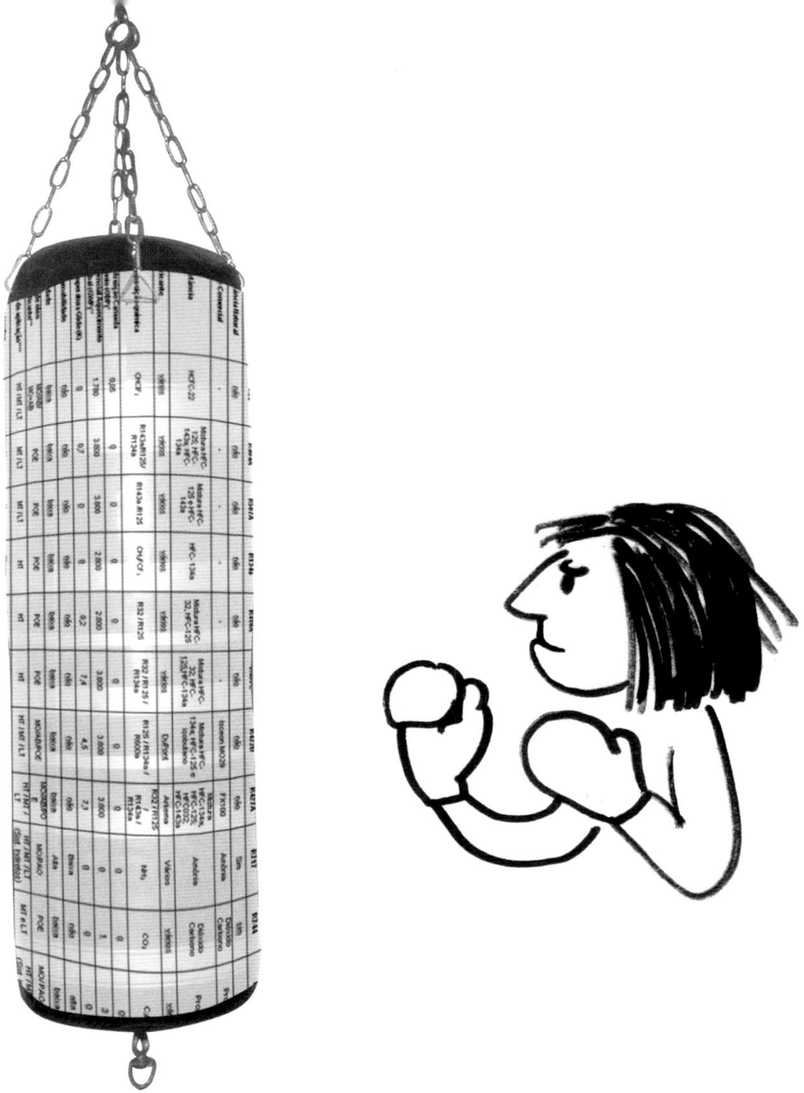

lista

a burrice pragmática sempre foi, para mim, um motivo de orgulho. uma vaidade às avessas, uma espécie de teimosia arrogante em não compreender nem participar de fichas, tabelas, listas, sistemas. mas tenho recebido a vingança lenta das listas, que se abateram com ferocidade esperta sobre mim e isso me fez perceber que a recusa prepotente em ceder à organização é que é burrice. ou bem somos inocentemente canhotos ou bem participamos minimamente do mundo. empunhar o canhotismo como uma bandeira é uma maneira trocada e fraca de brigar. e o que é pior, com consequências ruins somente para o empunhador burro da bandeira canhota.

discussão

nós discutimos. fiquei brava e ele também. no dia seguinte, pela manhã, me arrependi. saindo do supermercado, comprei um vaso de flores amarelas pra dar pra ele. voltando da veterinária, ele comprou um vaso de flores amarelas pra dar pra mim.

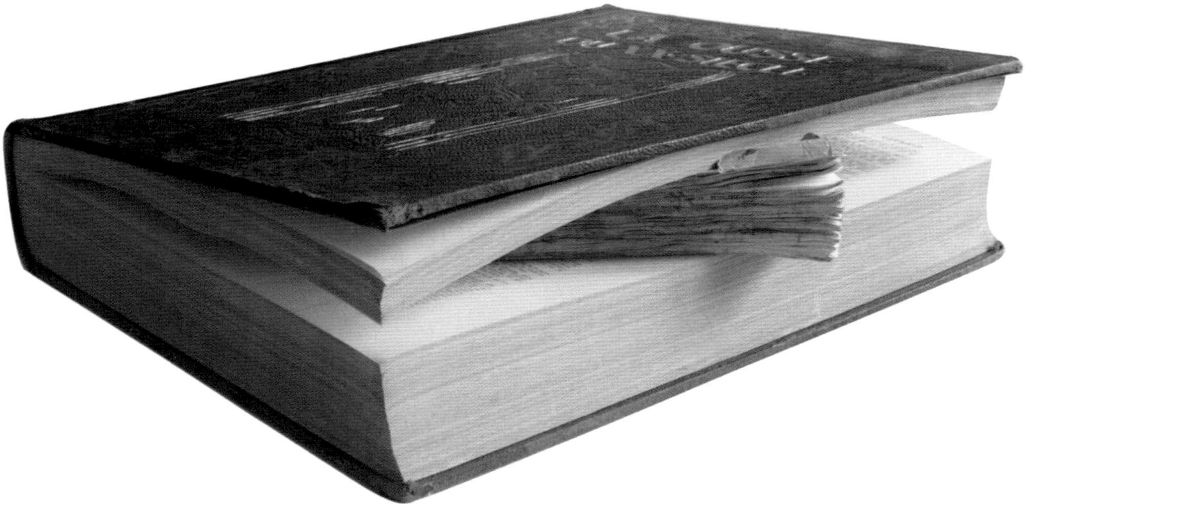

estatuto

guardo comigo alguns segredos completamente bobos, mas que faço questão de não compartilhar e que considero quase sagrados, talvez justamente por sua insignificância. cuido de alguns deles diariamente e sei que eles se tornaram meus companheiros. outros não. até esqueço que existem, mas eles caminham comigo. assim sendo, vou criar o primeiro artigo de um novo estatuto dos direitos ao avesso do cidadão: todas as pessoas, desde as crianças até os mais velhos, devem ter pleno direito à mentira e ao segredo. ninguém deve desvendá-los nem desmenti-los; quem transgredir este direito receberá a pena de ter que ouvir a verdade, somente a verdade, durante muitos anos seguidos.

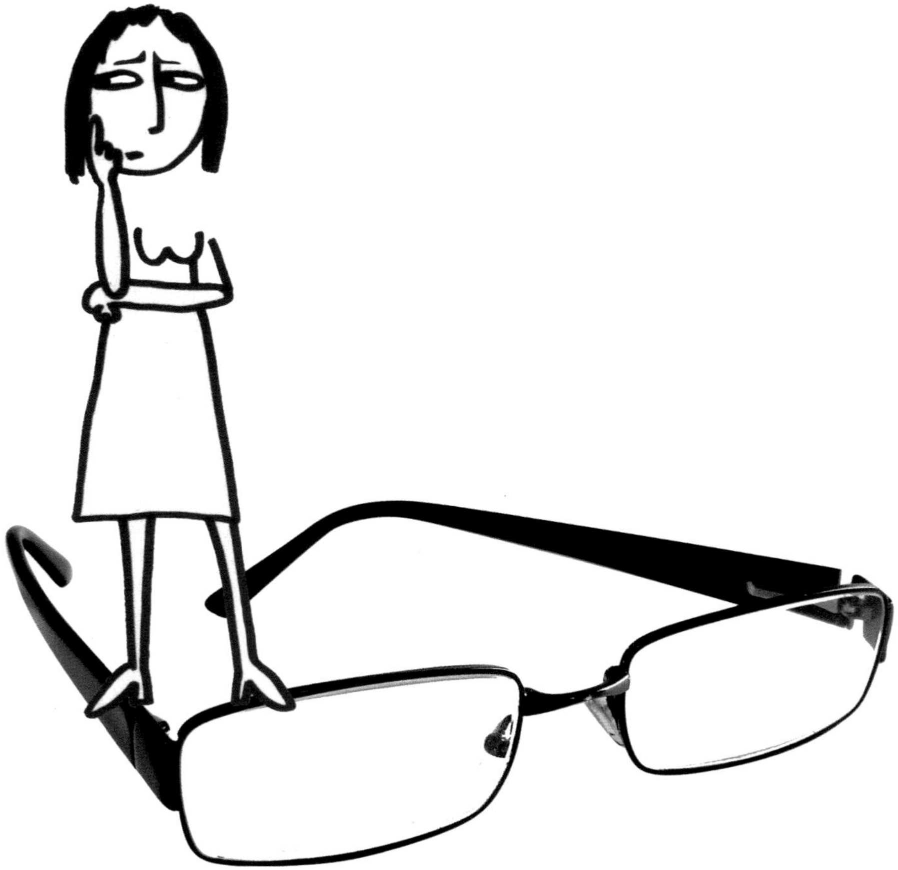

rugas

parece que o ruim de envelhecer são as rugas. elas são ruins mesmo. preferiria não tê-las. mesmo assim, pensando à distância, elas têm alguma coisa de interessante: são como anotações em um livro. uma pessoa sem rugas é ilegível. mas, além disso, envelhecer tem tantas vantagens: é como se não fosse mais tão necessário ir em busca das coisas, internas ou externas. chegamos num meio do caminho, em que as coisas e você estão presentes, consumadas, razoavelmente compreendidas e agora só basta experimentá-las, até o ponto possível. não precisa ser até o fim, mas já se conhece o caminho e o começo. um certo caminho andado. é bom ver os filhos grandes, a mesa posta, os problemas menos graves e, às vezes, que a maior preocupação do dia seja: onde é que fui colocar os óculos?

amarelo

hoje eu vi um corcel amarelo da cor do pudim de laranja que minha avó fazia.

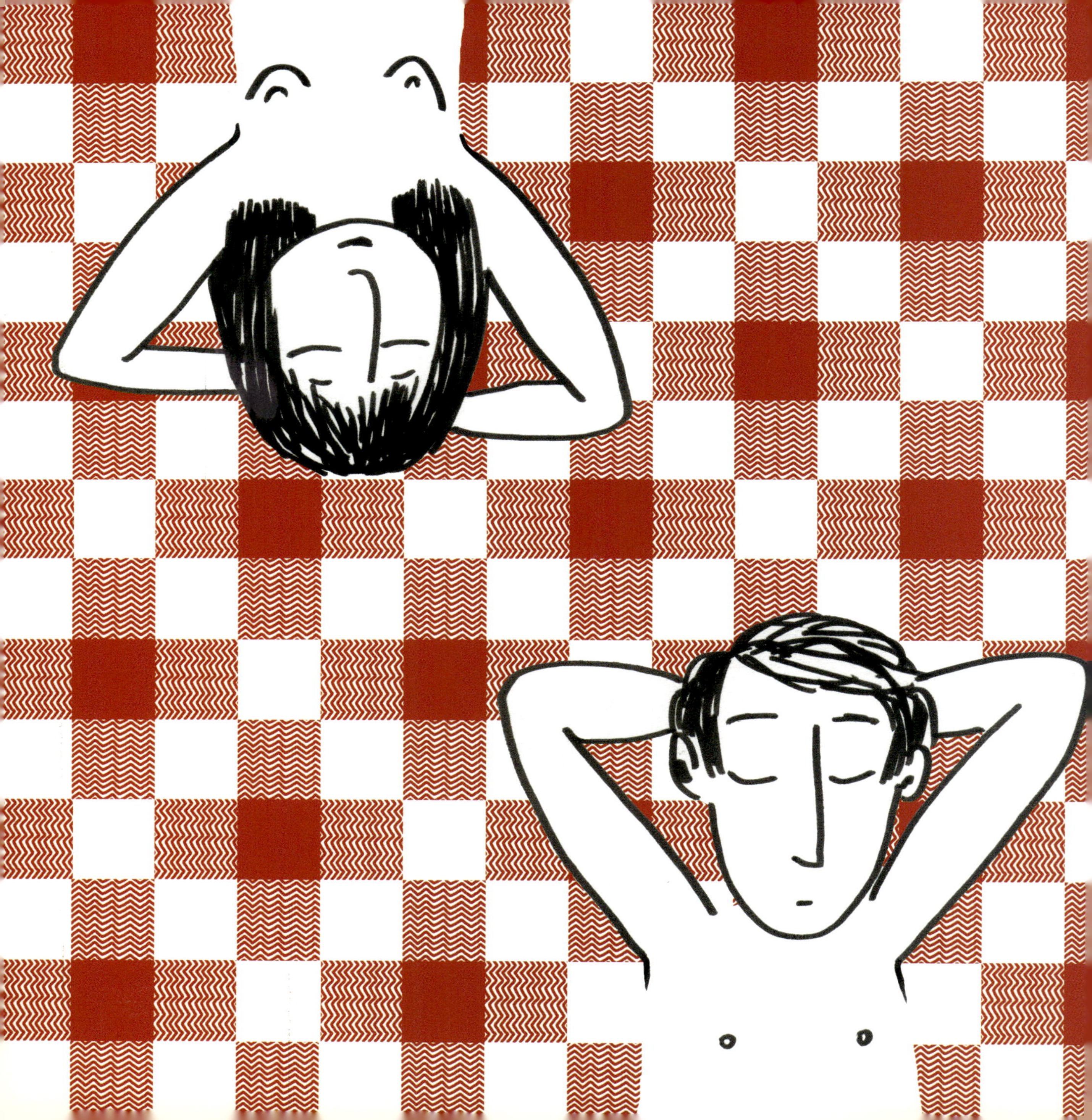

amor

como é possível ainda encontrar definições inesperadas do amor, depois de quatro mil anos de literatura? o david grossman me (nos) presenteou com isso: alguém com quem estar calado.

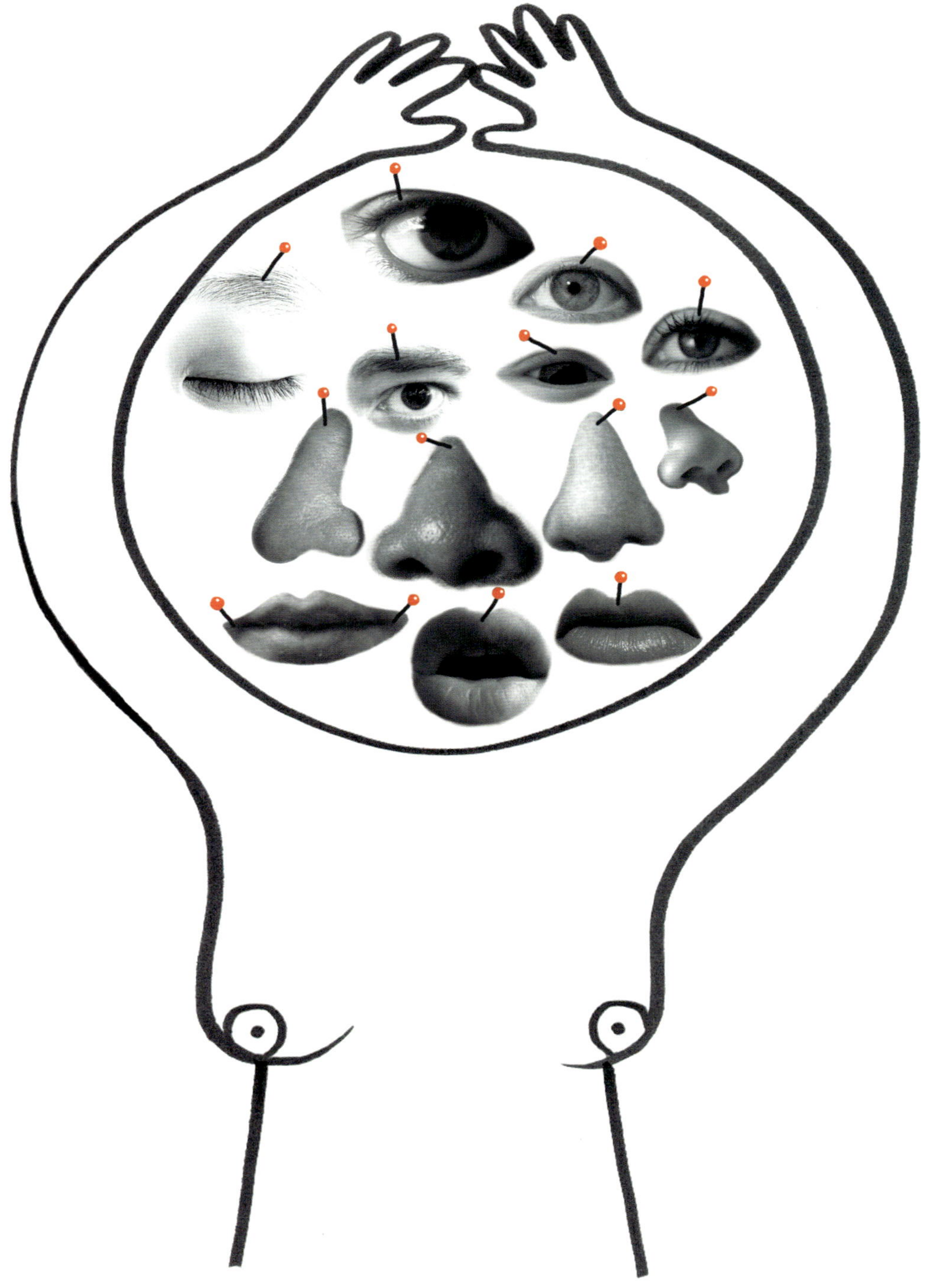

porcelana

bruce chatwin, um escritor historiador, no livro utz, fala de um colecionador tcheco de raras porcelanas da alemanha. o colecionador percebe nas porcelanas simulacros de golems, figuras feitas de argila que podem adquirir vida, ou que praticamente já possuem vida, dependendo somente de algumas palavras secretas para que isso ocorra. os colecionadores sempre escondem aspectos estranhos da personalidade humana. parece que guardam em si segredos e idiossincrasias que o restante da humanidade tem vergonha ou dificuldade de conhecer. tenho uma curiosidade amorosa por eles e também adoro colecionar. coleciono ninhos, pequenos objetos, cacarecos, brinquedos. parece que, colecionando, guardamos algo repetido mas irrepetível da passagem do tempo, que fica mergulhado ali, no objeto, retirado da realidade, do seu contexto, morto, mas por isso mesmo secretamente disposto a uma nova forma de vida, cujo nome talvez somente o colecionador saiba.

©Bertrand Eberhard

não

vi um urso de pelúcia largado sobre uma cômoda velha, dentro de um apartamento cansado, enquanto passava de carro pelo minhocão. vi quadros de algum artesão frustrado, pendurados do lado de fora de uma casa. vi a maria bethania cantando lindamente, falando de amor, festa e devoção. vi meus alunos falando do mito de perséfone e de evita perón, dos buddenbrook, do sagrado e do profano. vi uma nutricionista falando de alimentação enteral e parenteral e vi como ela cuida dos seus pacientes e se preocupa com que eles fiquem bons. mas não vi a nina, não vi mais a nina e só sei isso.

pera

nos casos de brigas leves, não há nada que uma frase como: tira pra mim a casca em volta do pão não resolva. mas quando a questão é bem mais grave, densa e resistente, só há duas soluções: o tempo e a pergunta: vamos tomar um sorvete de chokissimo com pera na vipiteno?

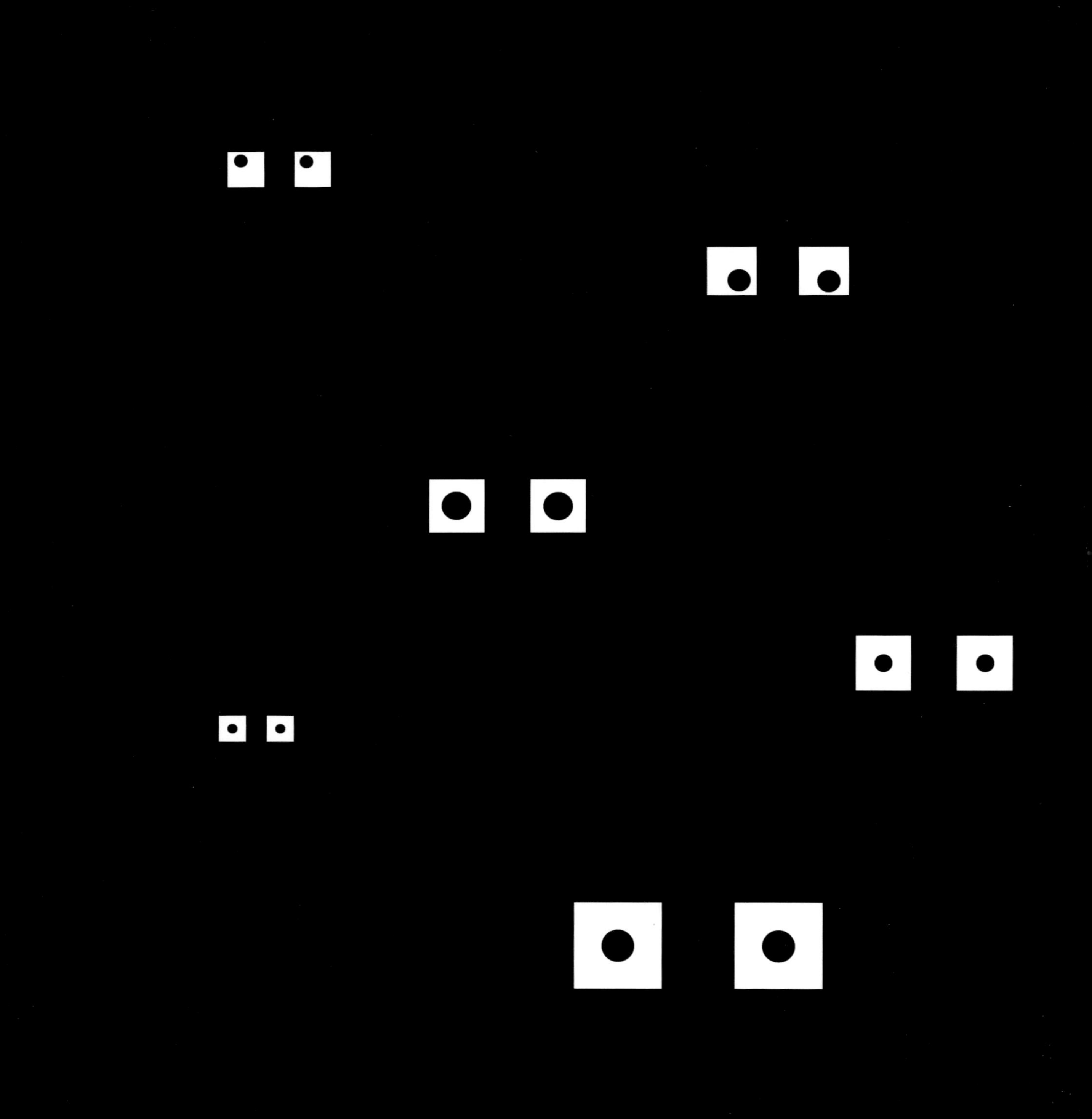

trema

os tremas desaparecidos com o acordo ortográfico foram todas se esconder numa caverna. lá eles conversam: você era trema de quê? de gu ou de qu? de aguentar ou de sequela? você gosta dos pontos e vírgulas ou prefere os dois pontos? eu prefiro todas as pontuações em duplas. não gosto das marcações unitárias, como a vírgula e o ponto-final. e assim eles passaram o ano falando e falando. agora, quando chegar dois mil e dez, eles combinaram de ir secretamente até as palavras de muitas pessoas e aparecer de surpresa, quando a pessoa menos estiver esperando. por isso, se no ano novo você encontrar uma água com trema, não adianta tentar tirar. ele escolheu você.

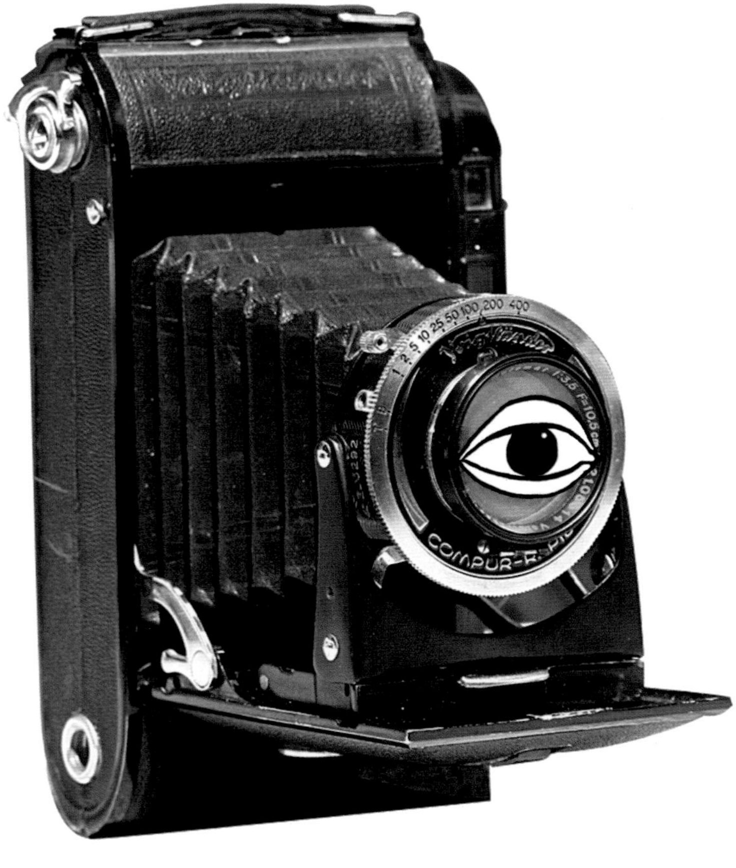
1 2 5 10 25 50 100 200 400

sebo

existe um fotógrafo croata chamado eugen bavcar, que é cego. ficou cego aos poucos, quando criança, mas conseguiu continuar fotografando, com a ajuda de assistentes que verbalizam as imagens para ele. uma vez, em subotica, na sérvia, entrei num desses sebos antigos, cheio de livros amontoados, com um dono evidentemente muito mais interessado em ler do que em vender. entrei e perguntei a ele: você tem algum livro daquele fotógrafo cego? ele me respondeu: você é do monty python?

©Bertrand Eberhard

azul

não acredito em anjos, em alma, em espírito. mas apareceu uma gata na rua. branquinha e marrom, olhos azul celeste e uma pinta no nariz. está aqui comigo e resolvi que foi a nina que quis assim. eu só acredito que se acredita no que se quer; acredito na vontade e na fabulação. fabulei assim.

gata

seu adálio, o vigia da minha rua, cuidava de muitos gatinhos que nasceram pela vizinhança, quase todos pretos. um dia, faz uns seis meses, a carrocinha veio e os levou a todos. hoje, quando saía de casa, seu adálio veio correndo: a senhora não vai acreditar no que eu vou lhe contar. depois de seis meses, aquela gatinha pretinha, que gostava tanto de mim, voltou sozinha. foi ontem à meia-noite e meia que eu ouvi um miado. quando fui ver, ela tava lá no tapetinho. e não me largou mais. agora disseram que eu posso ficar com ela. imagina só, seis meses caminhando até voltar pra cá. como pode um bichinho fazer uma coisa dessas?

perda

achei que tinha perdido as chaves de casa, mas não perdi. achei que tinha perdido os óculos, mas estão comigo. mas perdi um livro, um caderno, um colar, uma canga, uma ideia, uma parte da memória e, ontem, uma vontade que anteontem eu sentia de abraçar o mundo.

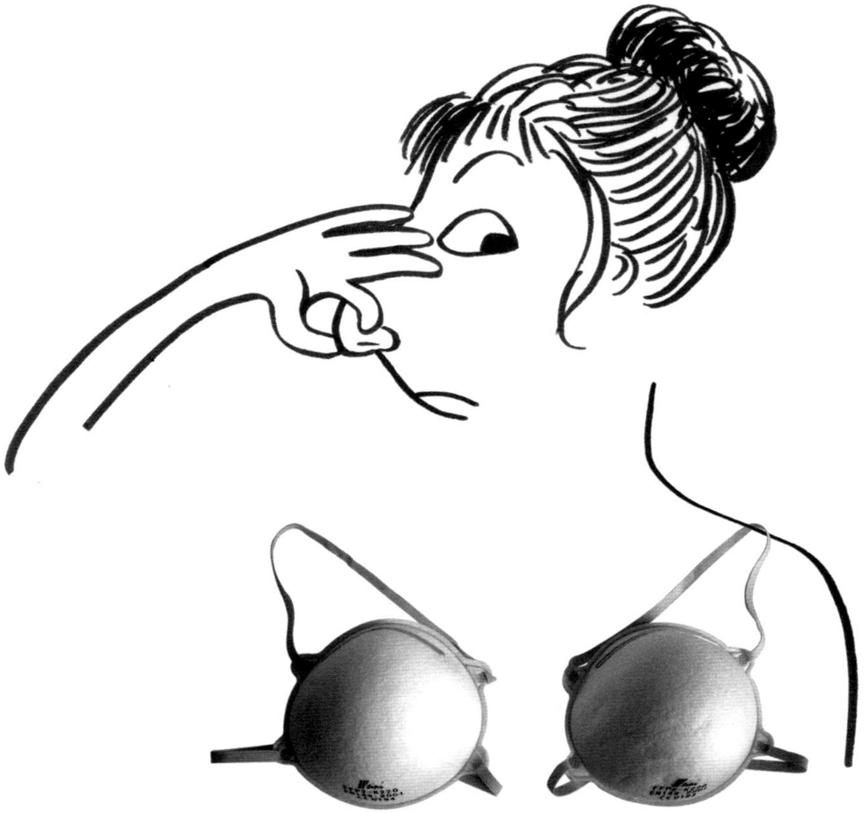

baleia

li uma vez que uma baleia foi encontrada morta numa praia, na austrália. depois de muitos esforços, conseguiram erguê-la e colocá-la sobre um caminhão para transportá-la para alguma fábrica de óleo. no meio do caminho, bem no centro de uma cidade de tamanho razoável, ouviu-se um estrondo descomunal. a baleia estava cheia de gases e, com o chacoalhar do caminhão, acabou explodindo. o cheiro resultante da explosão da baleia empesteou a cidade e as redondezas por vários dias, fazendo com que todos precisassem andar mascarados e protegidos. esta história se parece com uma mistura de moby dick com esopo, uma fábula moral e uma mentira absurda. a vingança olfativa do belo e do inútil contra a utilidade.

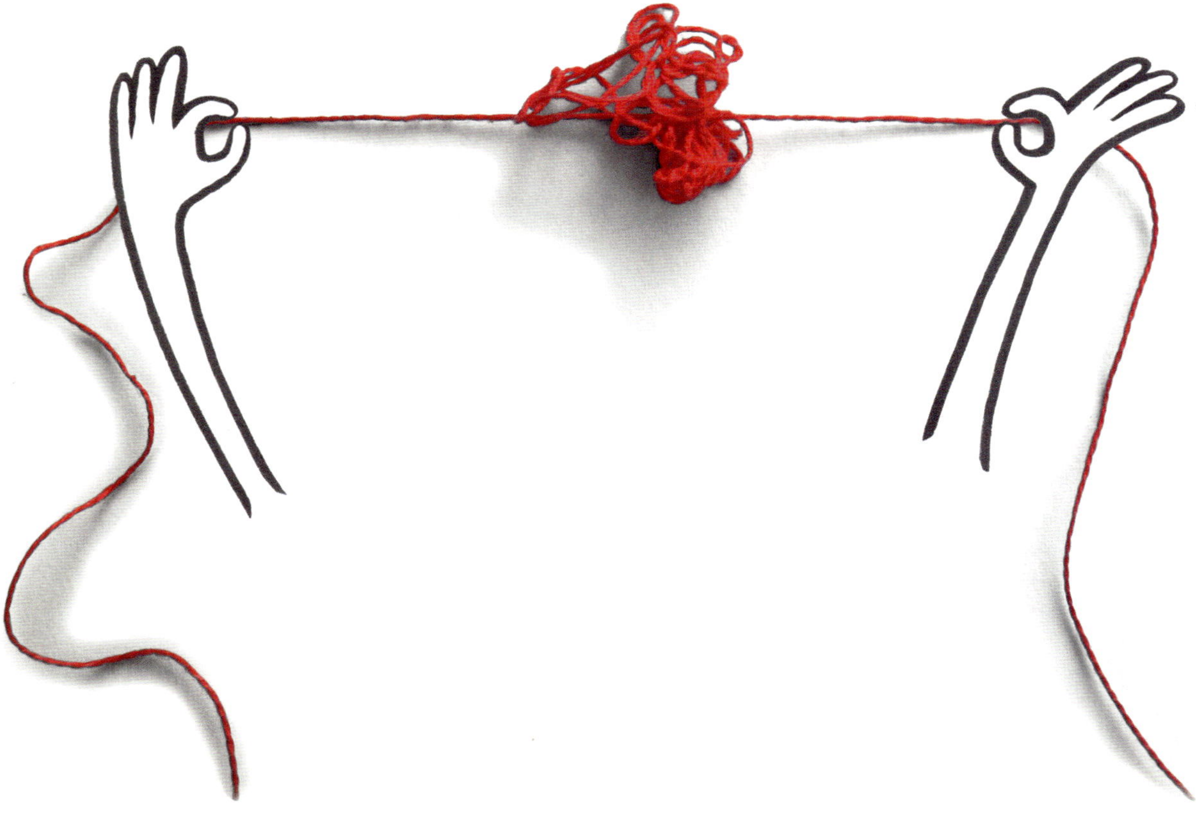

complicação

eu costumava ser bem mais complicada do que sou agora. mas, estranhamente, muitas vezes sinto falta dessa complicação. quero pensamentos intrincados, achar tudo mais difícil e não consigo. a realidade resiste e só quer me parecer simples. não que não haja dificuldades, ao contrário, elas existem e são grandes. mas pouca coisa me soa inexpugnável ou tão embaraçada a ponto de eu não conseguir nem compreender. não sei se isso é um mal ou um bem da aproximação da velhice. sei que agora, agora mesmo, queria pensar alguma coisa bem difícil, que nem eu mesma conseguisse entender, alguma coisa emaranhada, cheia de palavras confusas, mas só me vêm ideias simples à cabeça. deveria achar isso uma bênção, mas, nesse momento, me entristece compreender as coisas.

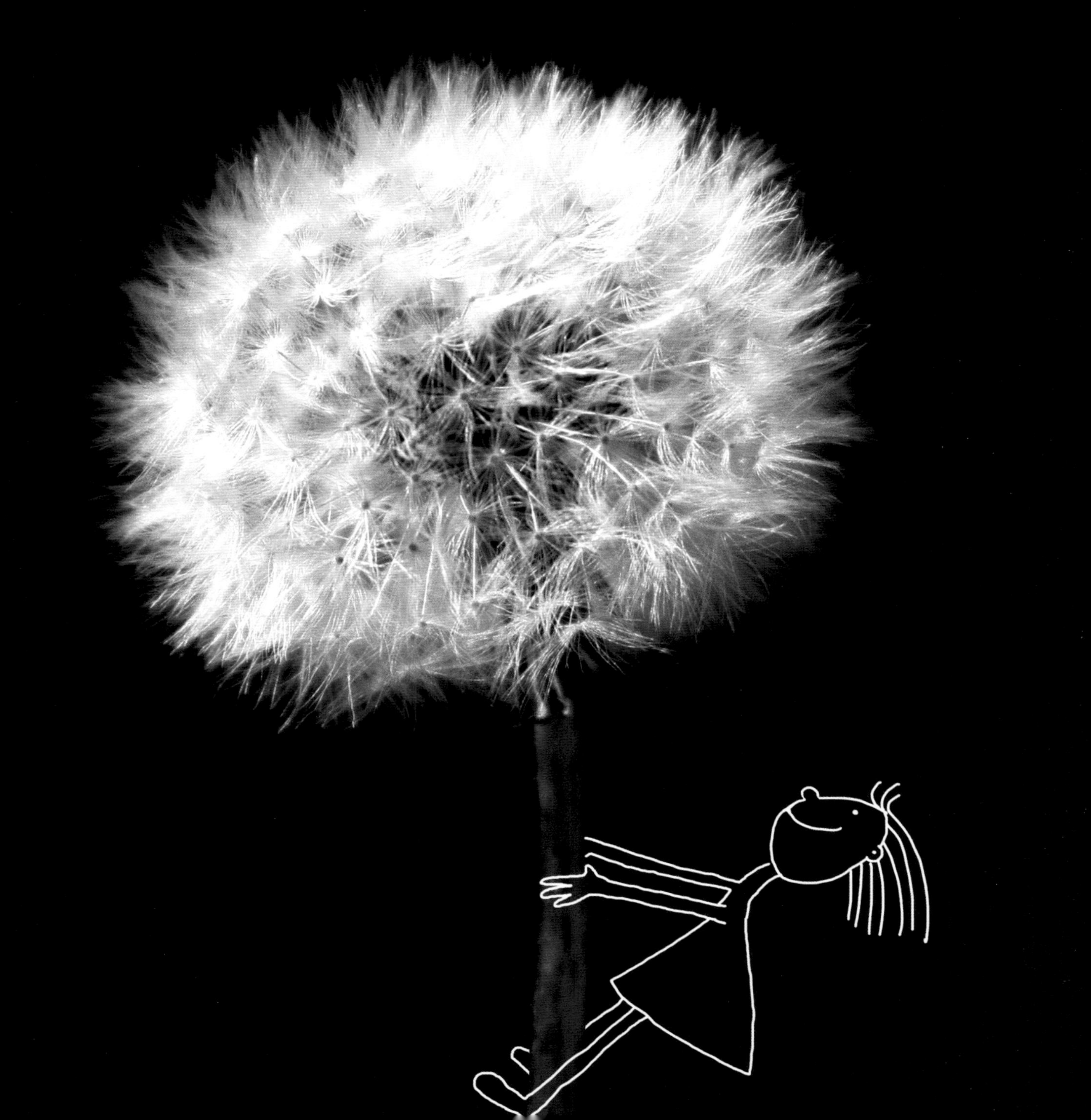

flor

depois de sessenta anos, minha mãe voltou para budapeste com as três filhas. estávamos passeando por uma avenida importante, quando ela parou, arrancou uma flor de um canteiro, tirou a haste e soprou: a flor fez um barulho, como o de um apito. era uma brincadeira que ela fazia quando pequena. e ficamos nós três, arregaladas, olhando minha mãe ser pequena outra vez.

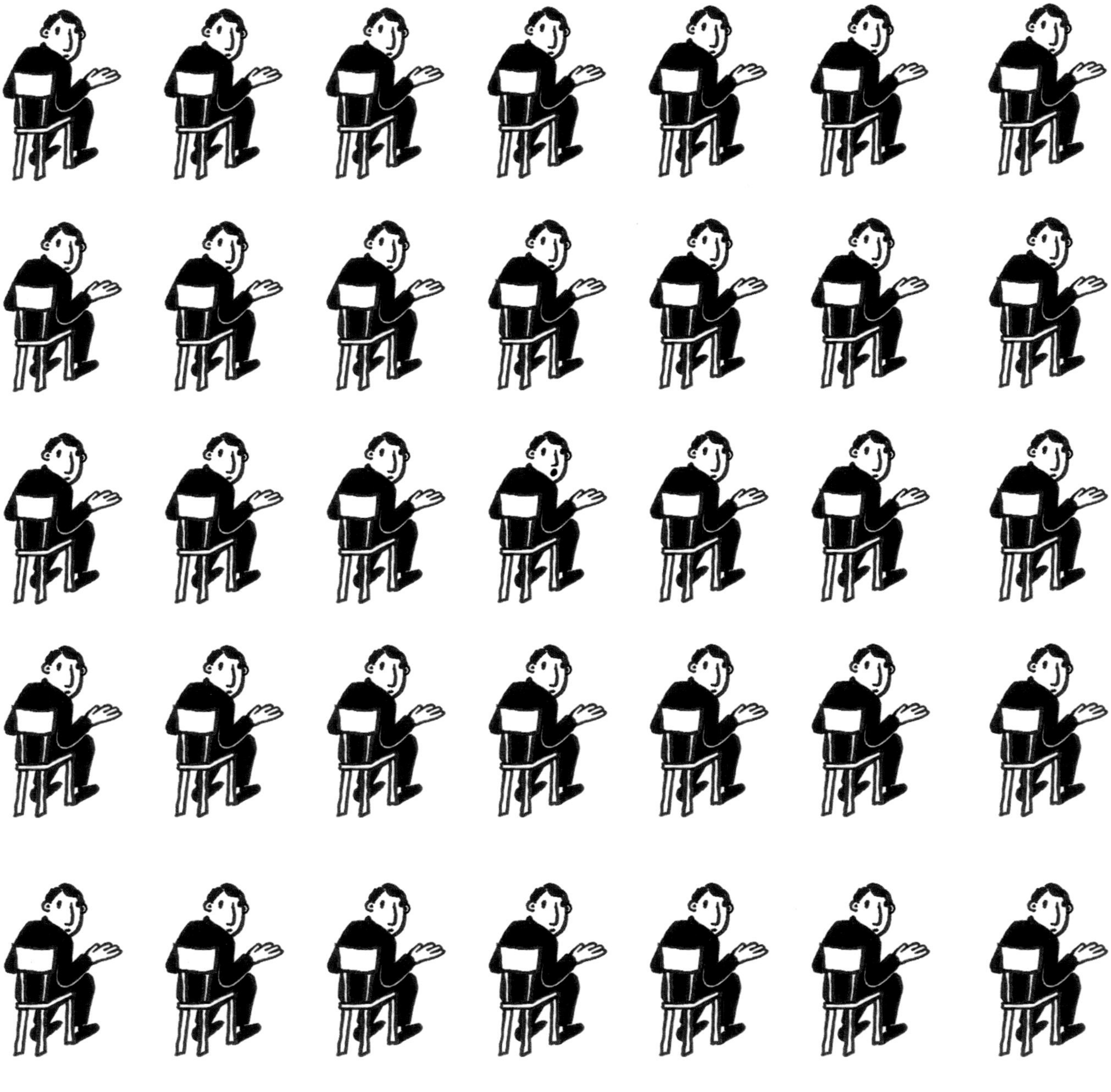

sonho

se existe mesmo algo como o inconsciente e se ele realmente produz nossos sonhos, então o meu tem um potencial criativo bem maior do que a minha suposta consciência ou vigília. sonhei que um grupo de pessoas que eu não conheço estava sentado conversando. de repente, eles pararam de falar. nisso, um dos participantes do grupo olhou para cima, apontou e disse: ei, você, que está nos sonhando, pode continuar a sonhar?

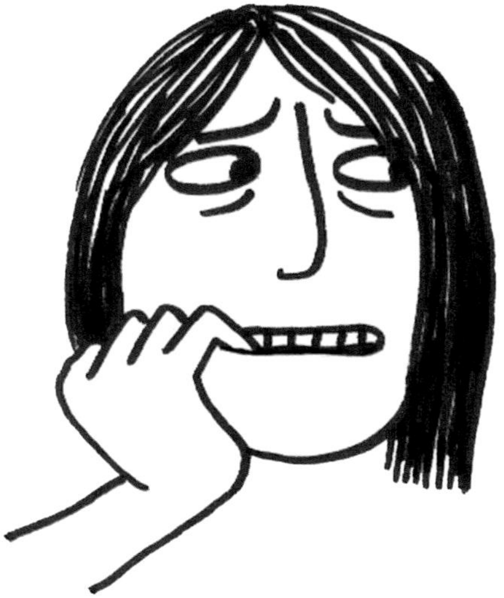

integridade

um índice seguro de que se chegou à decadência completa de qualquer integridade mental é se flagrar cantando distraidamente a musiquinha da seguradora.

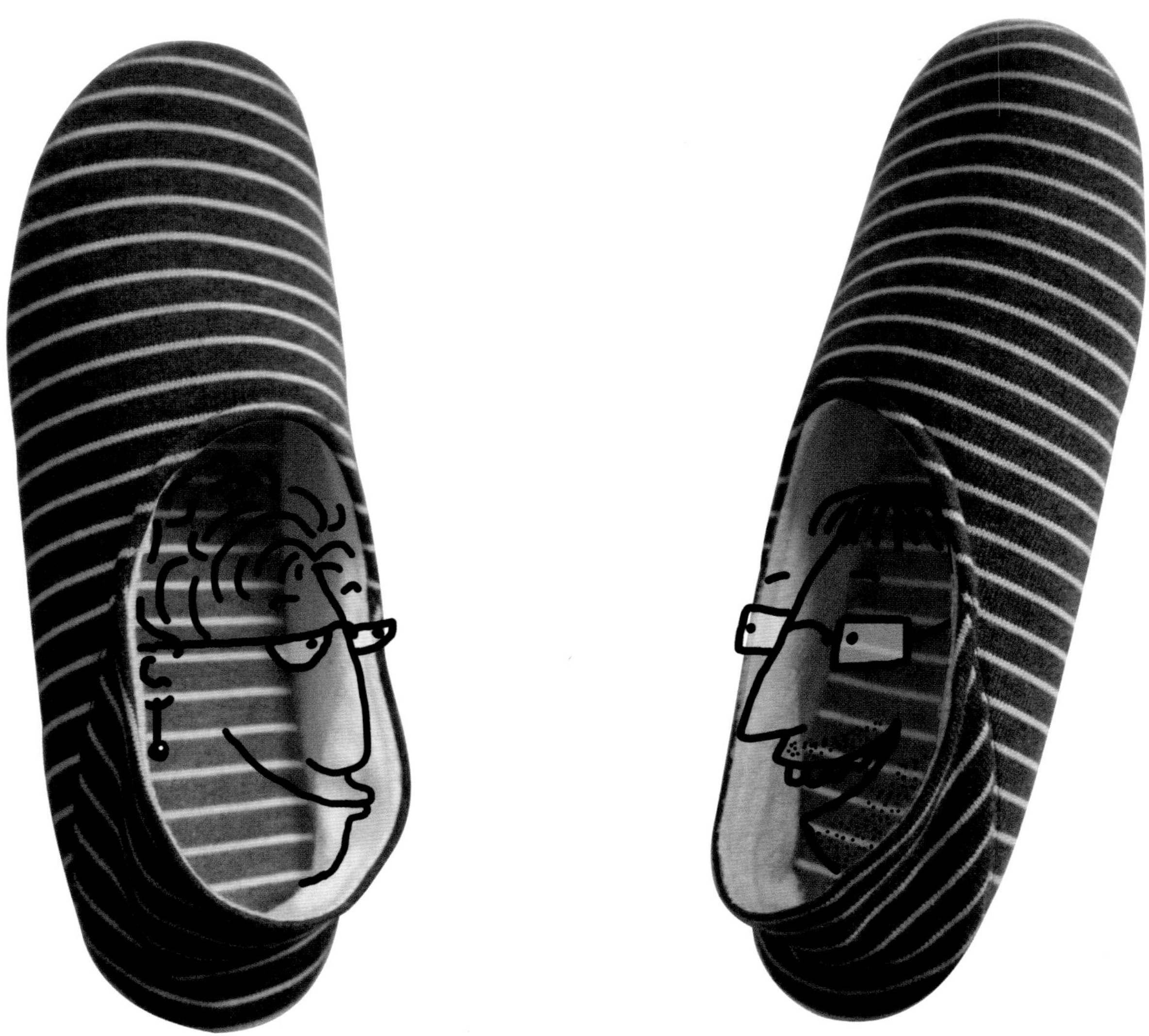

bobeira

estamos sozinhos em casa e precisamos decidir se vamos viver como dois velhinhos aposentados avacalhados ou chiques. na primeira opção, assistir bbb. na segunda, escutar ópera. na nenhuma das anteriores, falar bobeira horas e horas seguidas.

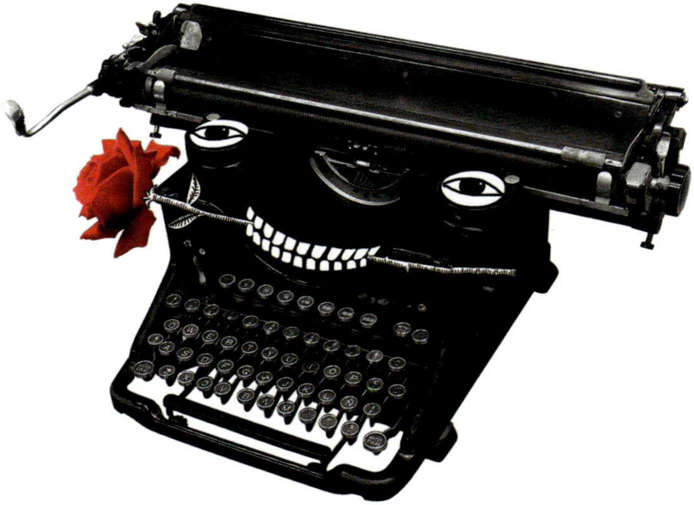

habilidade

nhinhinha, de "a menina de lá", de guimarães rosa, era "inábil como uma flor". por que a flor é inábil? porque a flor, cuja maior habilidade é ser bela, cumpre sua finalidade com tanta gratuidade e excesso que acaba redundando na própria morte. a flor, de tão bela, é breve. se fosse hábil, distribuiria a beleza com economia e duraria mais. mas é só por sua inabilidade que ela é tão assustadoramente bela.

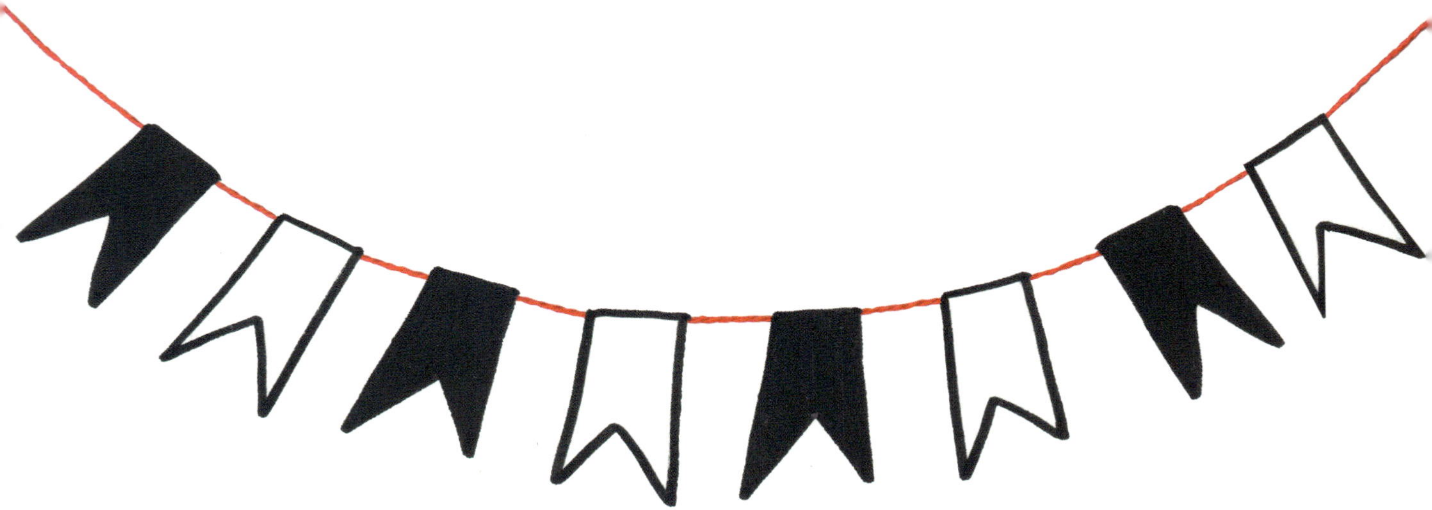

língua

"é nóis" é uma das expressões mais perfeitas da língua brasileira. o verbo ser no singular transforma o pronome "nós" em um substantivo, que encerra as ideias de pertencimento, força e permanência de uma só vez. "nóis" é um grupo, um tempo e uma potência. a antecipação do verbo ao substantivo, "é nóis", ao invés de "nóis é", dá a noção perfeita de suficiência. não é preciso ser alguma coisa, porque "é nóis" já é tudo.

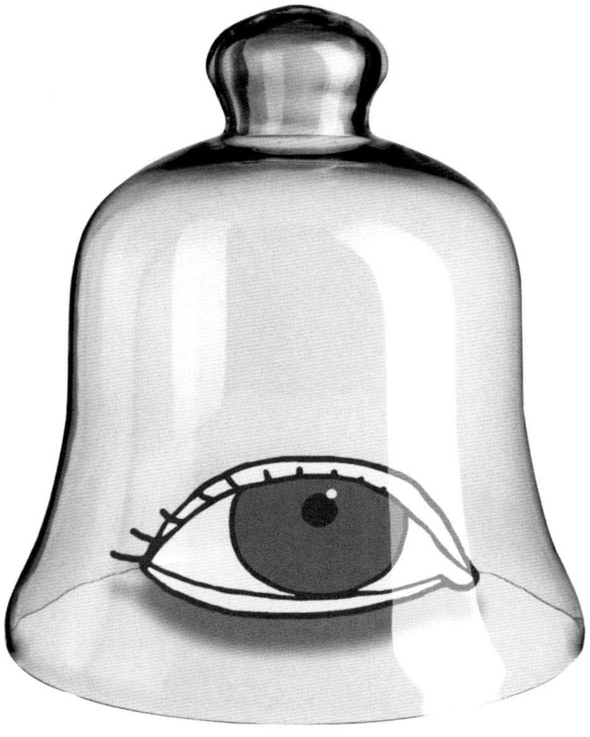

foto

como são lindas estas fotos do passado, em que olhamos nossos próprios olhos de antes com os de agora. ouvimos aqueles olhos dizendo que o futuro pouco importava, olhando para o presente com expressão de harmonia, ao mesmo tempo em que os olhos de agora sorriem com respeito, saudades e como que dizendo: eu estou agora, aqui onde você não pensava que estaria. e posso vê-lo, a você (ou a mim mesmo), enquanto você não podia.

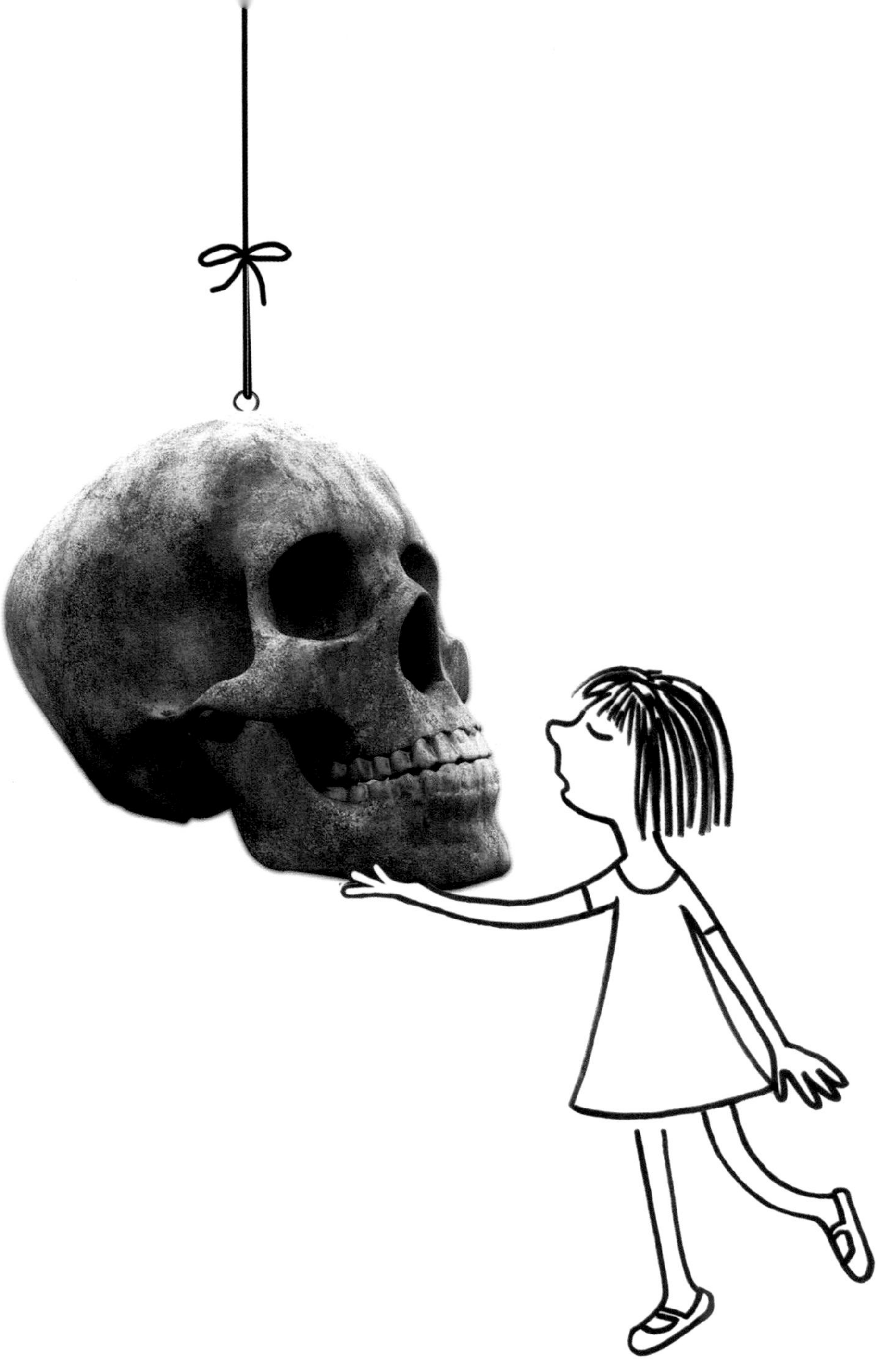

dúvida

quando eu era pequena, tinha uma dúvida grave: se alguém me perguntasse "você não acha?" e eu respondesse "sim", então queria dizer que eu acho ou que eu não acho?

©Bertrand Eberhard

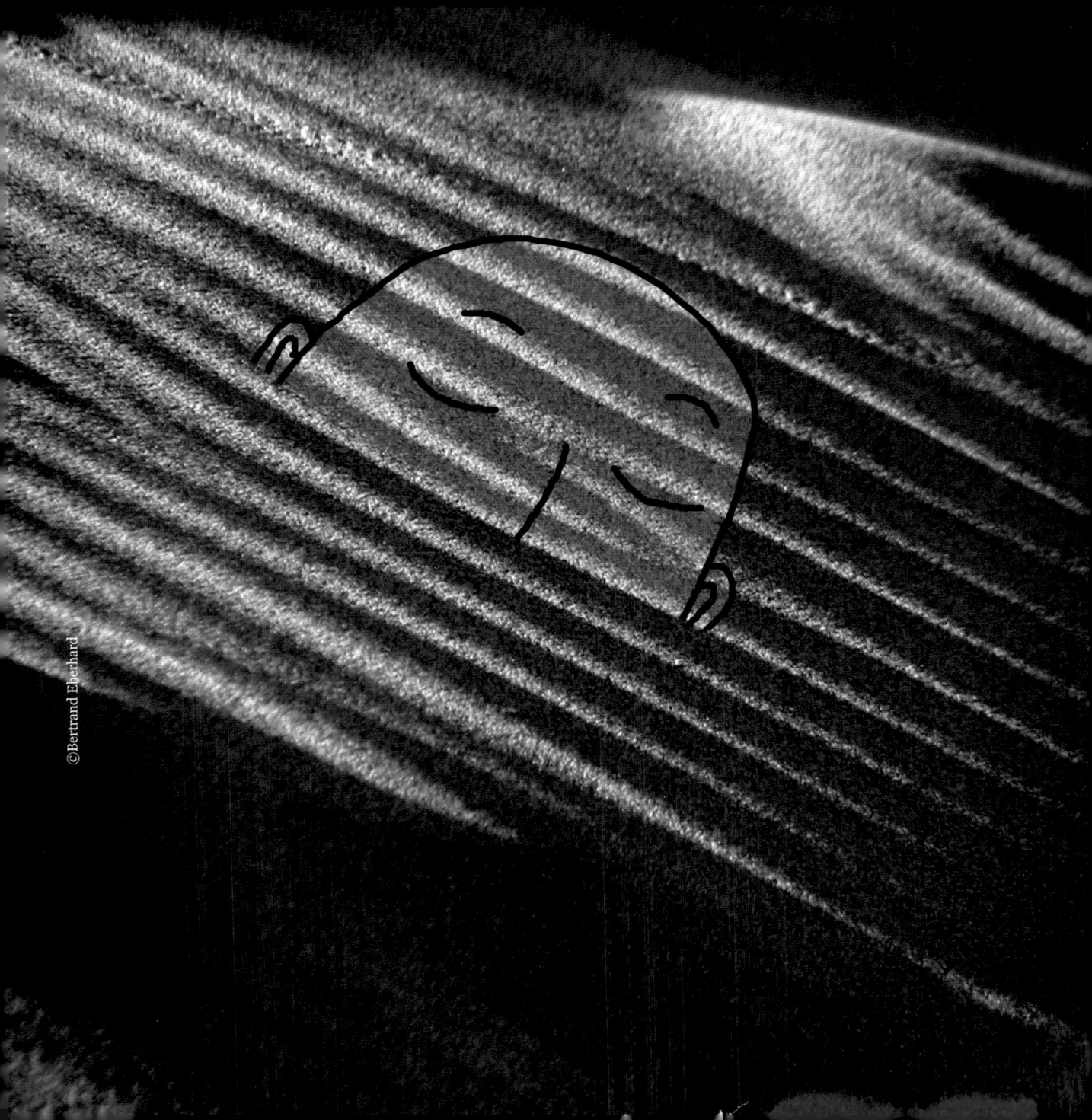

vela

deus, que está no ar, que compõe o sopro, que sai da boca para apagar a vela, aumentar a chama, aliviar a dor: não faça nada, não te peço. seja isso e não apareça, não redima, não conceda. seja somente o ar que sai de mim, que infla o sopro e que apaga a vela.

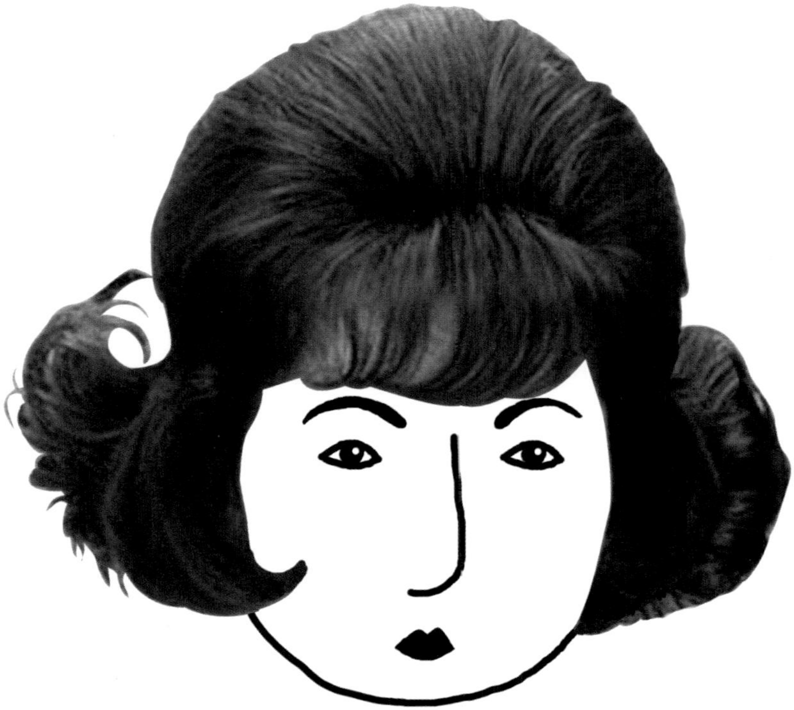

coisa

uma coisa linda é qualquer suíte para violoncelo do bach; uma coisa boa é a abobrinha recheada com carne moída da benedito calixto; uma coisa feia é laquê; uma coisa ridícula é escrever melhor do que o livro sobre o qual se escreve e uma coisa engraçada é a minha gata pensando que o próprio rabo é uma bolinha.

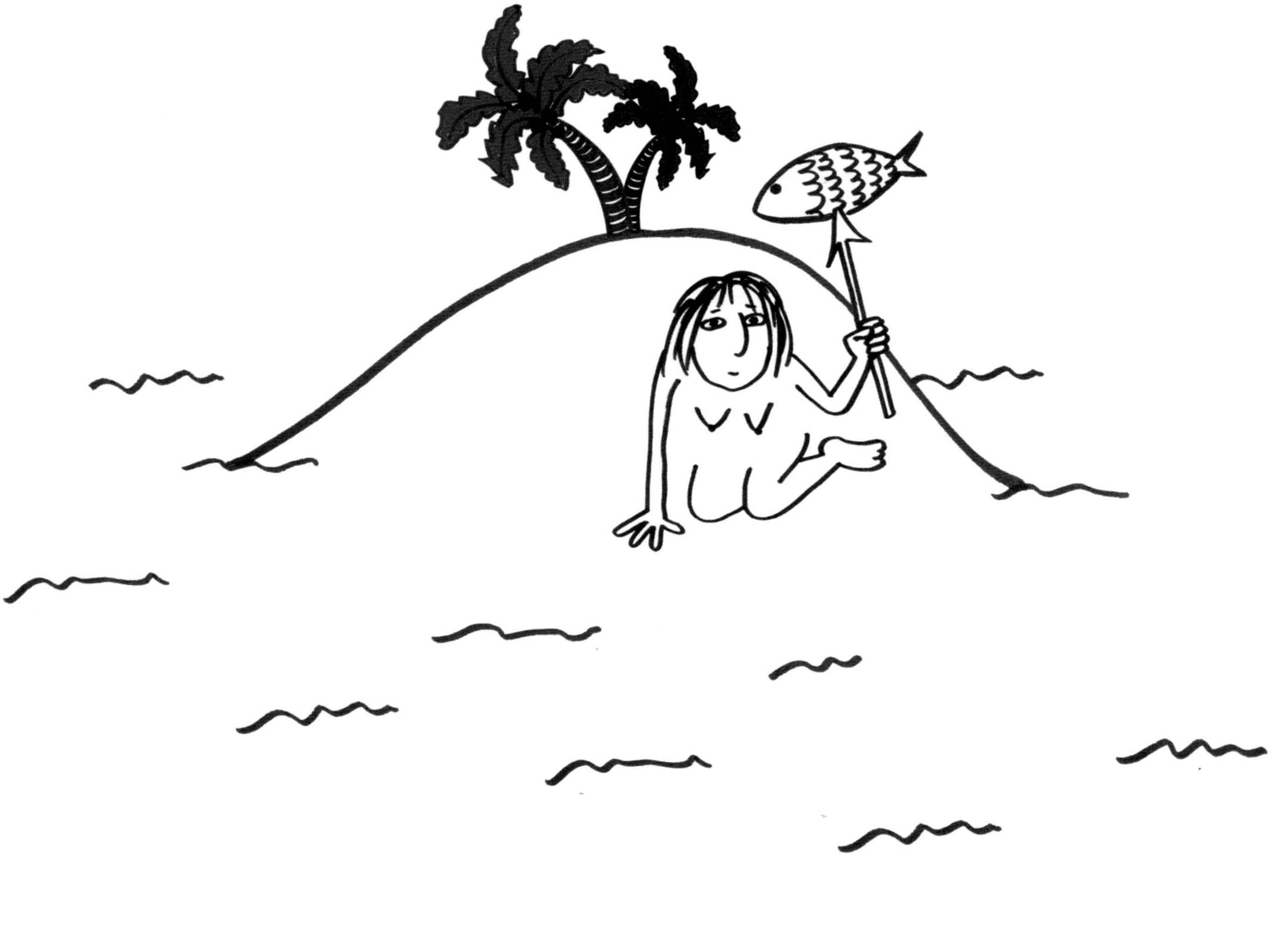

terra

hoje, durante uma aula, pela primeira vez, me dei conta de que a terra do pai é a pátria e de que a língua nativa é materna. é verdade. nada mais maternal do que a língua, esse colo continente e conteúdo, com uma prontidão entre sufocante e libertadora. e nada mais paternal do que o lugar. mudo e certo ele nos pede para ficar. muitas vezes, é por isso que queremos sair. já a mãe, nossa língua, falante e insegura, está sempre a nos acompanhar.

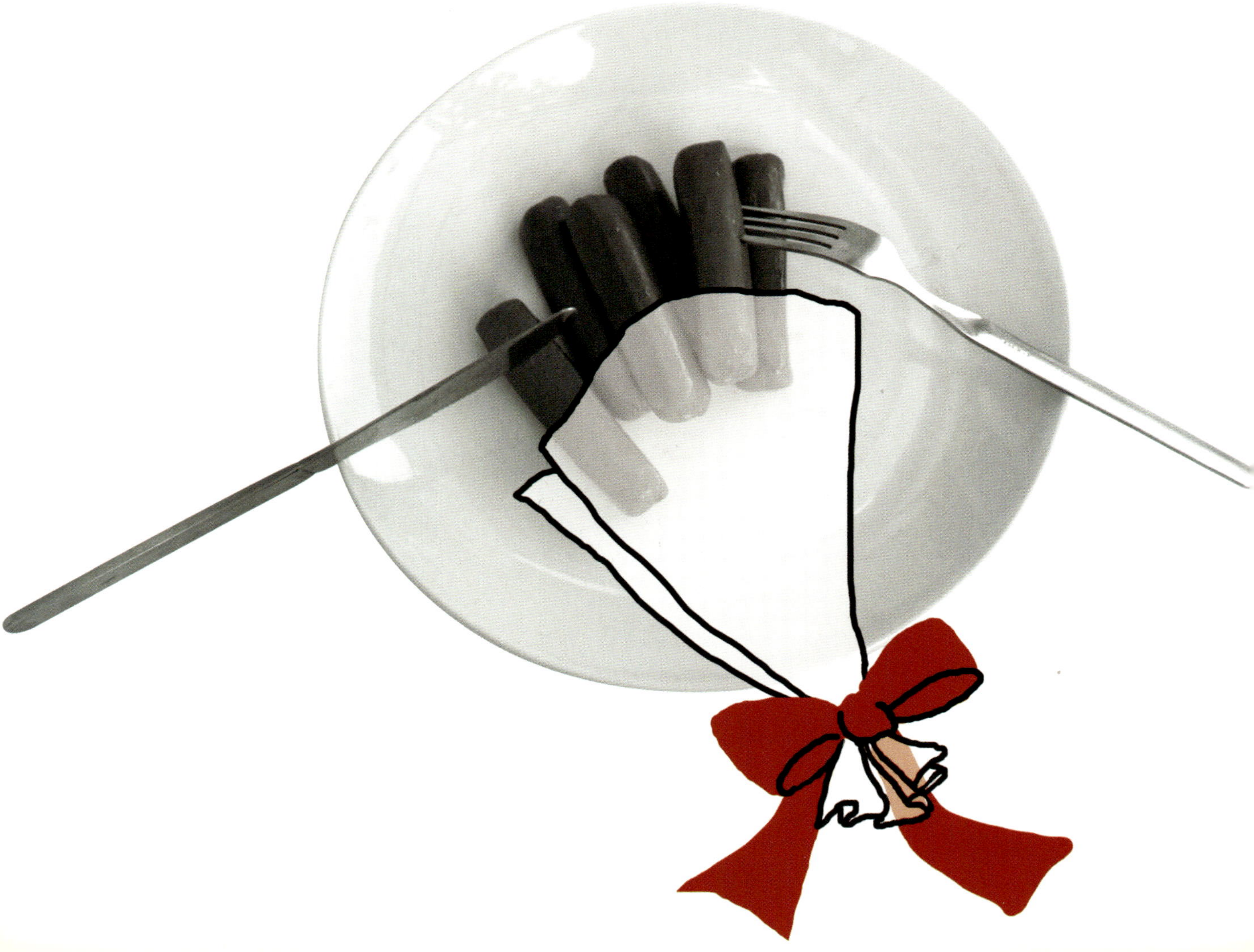

salsicha

meu pai já estava muito doente. era dia dos pais. comprei flores e salsichas. cheguei até ele, que já quase não falava, e entreguei as flores. ele disse o que eu já sabia: prefiro salsichas. eu já tinha as salsichas. dei um monte para ele e ele sorriu.

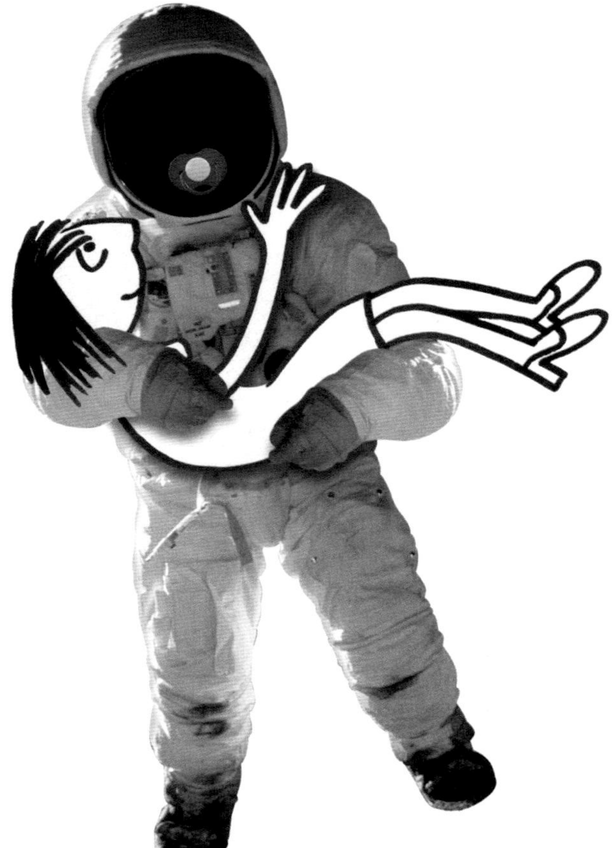

lembrança

lembrar-se é buscar uma lembrança no passado, de forma localizada e é também o momento em que uma lembrança súbita retorna à superfície da memória. se quero me lembrar de alguma coisa, como um nome ou um lugar, aciono uma cadeia de associações. por exemplo, para lembrar o nome da scarlet johansson, lembro de scarlet o'hara e do músico kevin johanssen. esse processo, inevitavelmente, causa encadeamentos esdrúxulos, às vezes inexplicavelmente com a mesma pessoa ou rua, como o hábito que tenho de chamar a kathleen turner de catherine o'connoly. já com relação às lembranças súbitas, que assomam sozinhas à memória, sem necessidade de serem evocadas, não sei por que, mas toda hora me lembro de mim mesma pequena, dentro de um elevador, com um primo muito alto de minha mãe, que vinha dos estados unidos, trabalhava na nasa, e que, por essa razão, eu achava que era um astronauta. minha emoção e curiosidade foram tamanhas que, agora, quarenta anos depois, lembro pelo menos uma vez por semana, sem querer, de que andei de elevador com um astronauta. sem falar de que também lembro do gosto da esfiha com zahtar do farabud e do david pequeno colocando sozinho a chupeta na boca, para ver se parava de chorar.

©Bertrand Eberhard

mar

estive no rio e vi o mar. vi que ele não tem portas, janelas, ombros ou cotovelos. nele, nada se articula. tentei contar uma história para ele. ele não me ouviu, mas disse: por que você precisa de verbos para falar?

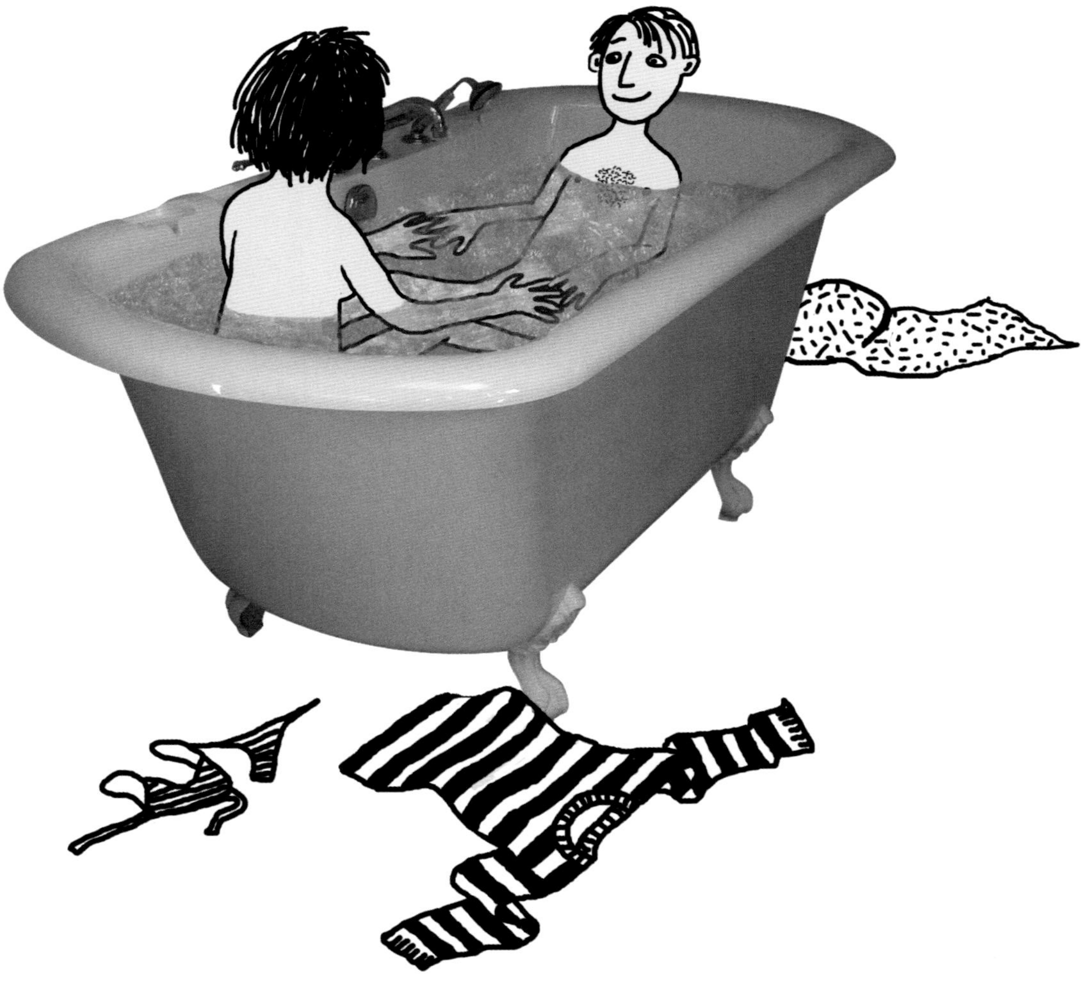

lagarta

acho que estou chegando à conclusão de que, no amor, se a namorada, a parceira, a mulher, enfim, não for, como no poema do manuel bandeira, uma "lagarta listrada", dificilmente o namoro, o casamento vai dar certo. da mesma forma, mas sempre com a precedência feminina, é preciso que o namorado, o parceiro, o homem enfim, fique constantemente dizendo a ela que "ela parece uma lagarta listrada". o homem, para que o namoro dê certo (não gosto da palavra relação e nem de relacionamento), deve ser um apreciador de lagartas listradas.

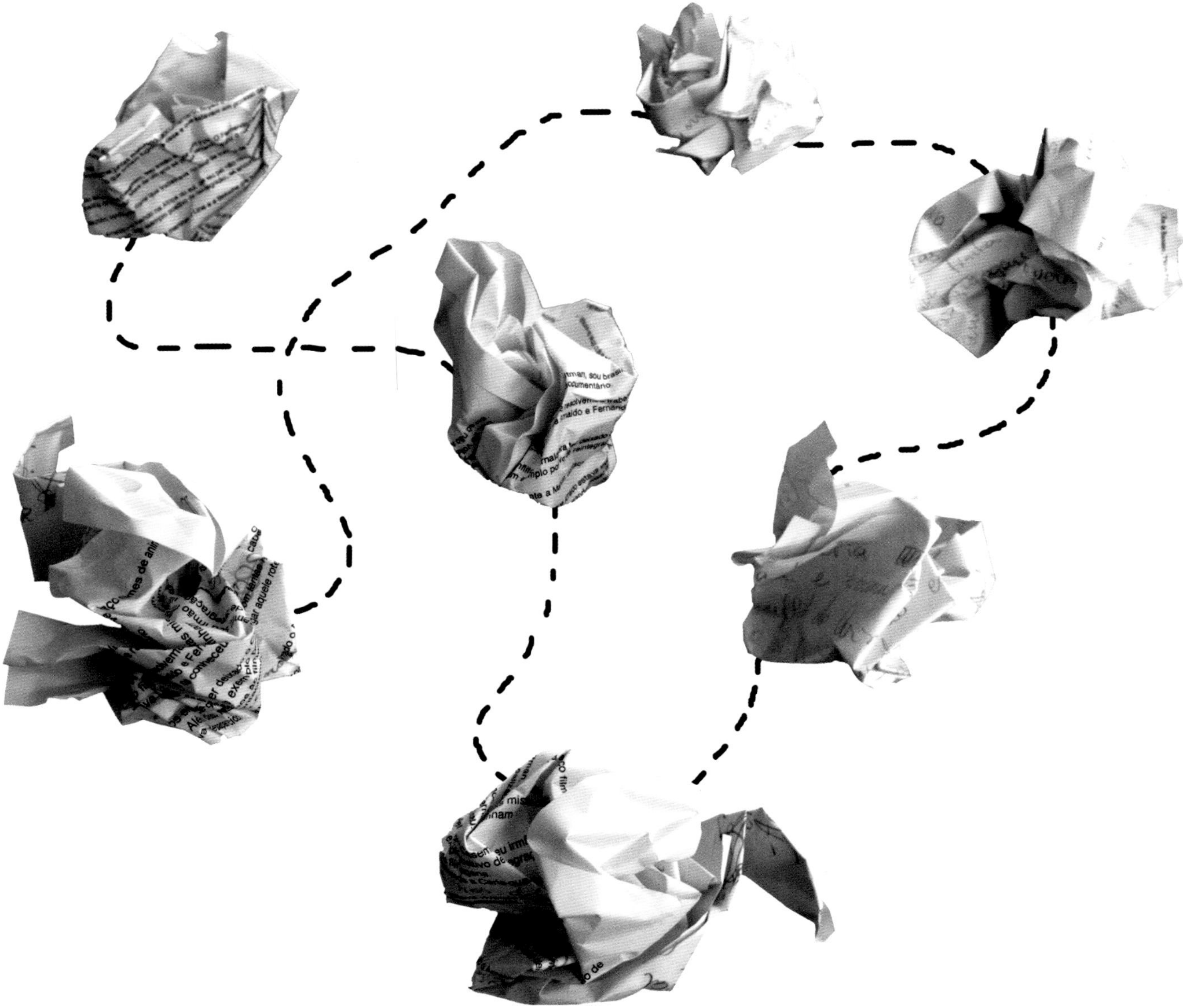

simplicidade

queria saber escrever um conto que dissesse: "ontem eu encontrei um homem baixo, que me contou aquela piada sobre alguém que perguntou para um português se ele sabia que horas eram, e ele respondeu que sabia. mas não falou as horas." mas eu não consigo escrever isso. fico perguntando: "mas e o homem baixo? por que ele era baixo?" e penso também: "essa simplicidade na narração da piada é, na verdade, estilizada demais. finge ser simples mas é pura linguagem." eu queria saber escrever de um jeito simples, que não fosse querer ser simples e de um jeito bem burro, mas que fosse muito inteligente.

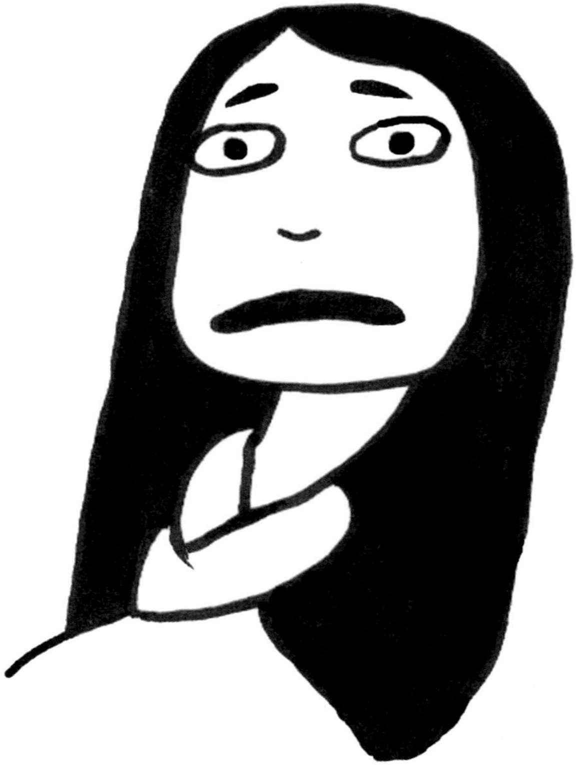

angústia

o som "g", na palavra angústia, é o que dá a ela a sensação exata de seu significado. como passar pelo corredor estreito desse som, que não vem do pulmão, mas diretamente da garganta, paralisando-a e paralisando-se nela? e, para piorar a situação, antes dele vem o "an", um som contínuo e meio besta, carente e imediatamente frustrado pelo "g", que o bloqueia. em seguida, tornando tudo mais terrível, vem o "u", com acento agudo. o "u" preenche a potência paralisante do "g" com ainda maior medo e horror. mas, felizmente, logo em seguida, vêm o "s" sibilante e consolador e o ditongo crescente "tia", prenunciando que logo a trava do "g" vai se desfazer e sempre virá um "a", aberto como o vento, para soltar-se boca afora e dissolver-se no ar.

©Bertrand Eberhard

demora

algumas coisas demoram. moram mais tempo, saem do tempo. nos observam, incuriosas e um pouco displicentes. poderiam perguntar-se: será que ele (ela) vai aguentar esperar? mas nem isso se perguntam. aguardam aconchegadas na morada dos dias, dos meses, dos anos, até chegar sua vez de acontecer. não têm pressa. deixam-nos aflitos e talvez até se divirtam com nossa ansiedade. é preciso olhar para elas, lá no alto da montanha, na rachadura de uma rocha, no fundo da terra onde elas costumam ficar até chegarem aqui, e fitá-las calmamente. no máximo, murmurar: está bem, coisa. eu espero por você.

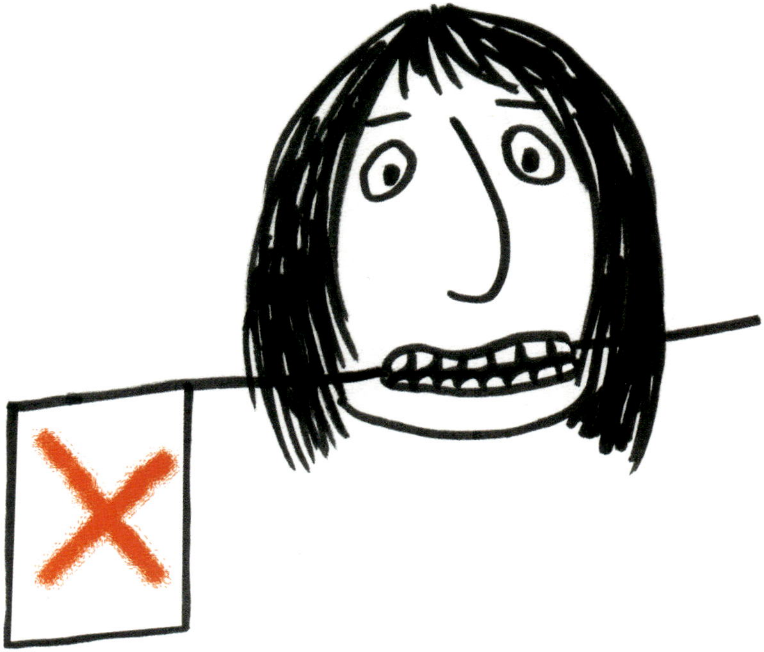

erro

não valorizar o erro tão excessivamente a ponto de isso se tornar uma tirania, um outro tipo de acerto. valorizá-lo só até onde ele ainda é apenas um erro, sem a mesquinhez de tornar-se uma teoria do errado. errar pelas bordas, errar um pouco no meio, errar para não saber nunca o final.

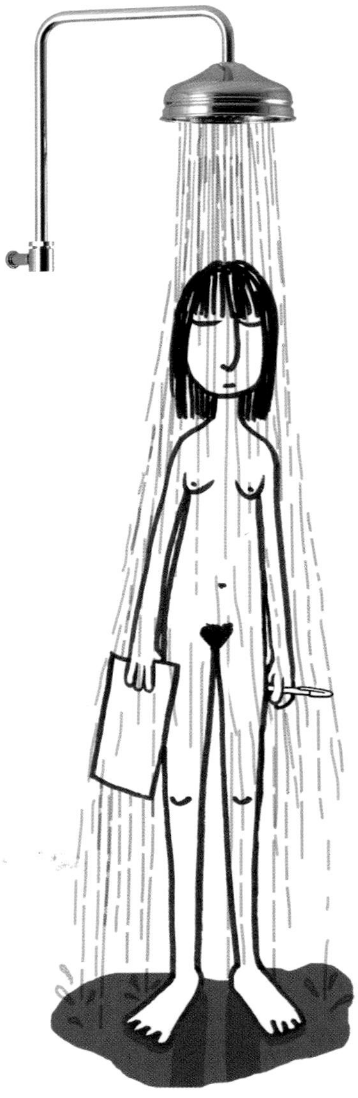

saudade

o dicionário diz que saudade é um sentimento mais ou menos melancólico de incompletude. como assim, mais ou menos? como saber se um sentimento está mais ou menos melancólico de incompletude? e por que às vezes é saudade e outras vezes saudades? será que quando é menos é saudade e quando é mais é saudades? penso que saudade é mais geral e saudades, mais específico. e que saudade é mais melancólico e saudades é menos melancólico. mas, de incompletude, os dois sentimentos são. e eu, agora, estou com muito sentimento melancólico de incompletude específico.

Jussieu
Monge
10
Campo Formio
Place d'Italie
14
Porte de Choisy
Maison Blanche
Le Kremlin Bicêtre

gobelinhos

de manhã bem cedo, os gobelinhos chegam à estação gobelins, em paris. alguns se atrasam, mas ninguém se importa. eles trabalham o dia inteiro embaixo dos trilhos do metrô e fazem paris funcionar. o chefe deles se comunica com eles a partir da ponta de um cadarço de tênis e trabalha num bistrô chamado chez gladine, onde serve carnes deliciosas com batatas a preços acessíveis. na verdade, ele é um espião dos gobelinhos. quando chega a noite, todos eles voltam para casa, onde dormem aconchegados dentro de um tênis gigante, tamanho quarenta e oito. mesmo assim, por efeito de inércia, paris continua funcionando perfeitamente.

acento

os acentos são rastros de um tempo em que ainda havia uma conexão muito próxima entre a língua falada e a música. indicam tonicidade, atonicidade, agudos e graves, portanto também volume, potência e arranque da dicção. se sumirem os acentos que ainda nos restam, as palavras vão ficar cada vez mais mudas, parecidas somente com seu significado, que talvez seja o que elas têm de pior. como é bom ouvir o som de ágora, de agora e de angorá; de vírgula e de mosquito. como me consola saber que todas as proparoxítonas são acentuadas e como é chato pensar que não se acentuam mais as paroxítonas terminadas em ditongo crescente.

caras

um poema meu sobre o tempo dos olhos do cachorro saiu na revista caras. na capa, aparece a adriane galisteu grávida. acima do trecho do meu poema, dois cachorros bonitinhos se entreolham. de início, fiquei brava; depois, condescendente e, agora, um pouco feliz. ingresse no mundo feio, meu poema, vá até a cerimônia do casamento de georgette mirna e ao batizado do filho do jogador do atlético mineiro. espie por baixo dos vestidos versace e conheça o castelo de caras em punta del este. siga o seu caminho, meu poema, e me mostre de volta o que eu ainda não conheci.

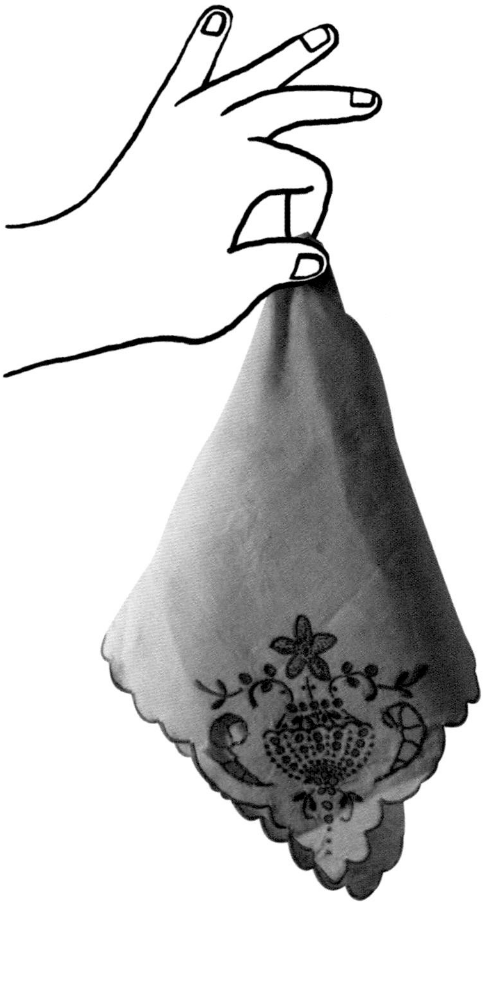

carlota

o seu madruga disse que meu carro está sem carlota. agora eu quero uma carlota para o meu carro, mas não o tempo inteiro. ela iria me contar as novidades sobre minhas primas, as notícias menos importantes do jornal e iria cantar músicas antigas, talvez até árias alemãs do século dezenove. mas quando ela começasse a falar demais, e eu quisesse ficar sozinha, daí botava ela calada de volta na roda.

contra

nunca, por mais que me expliquem minuciosamente, consigo entender a diferença aparentemente óbvia entre contra a luz e a favor da luz. um dia desses, de repente, me dei conta de uma possível explicação para essa teimosia em não aprender. uma vez, com cerca de uns oito anos, dormia num acampamento, num galpão onde havia centenas de beliches. acordei no meio da noite com vontade de fazer xixi. minha prima, que sempre era mais esperta do que eu, dormia na cama de cima. desesperada, eu a acordei e perguntei: suely, onde fica o banheiro? ela disse: conta sete janelas. eu ouvi: contra sete janelas. fiquei pensando, aflita, "contra sete janelas?" o que será isso? já tinha ouvido adultos usando essa palavra no sentido de localização, e achei que deveria saber, mas fiquei com vergonha de perguntar o que seria contra sete janelas. fiz xixi na calça e para sempre fiquei com medo da preposição contra.

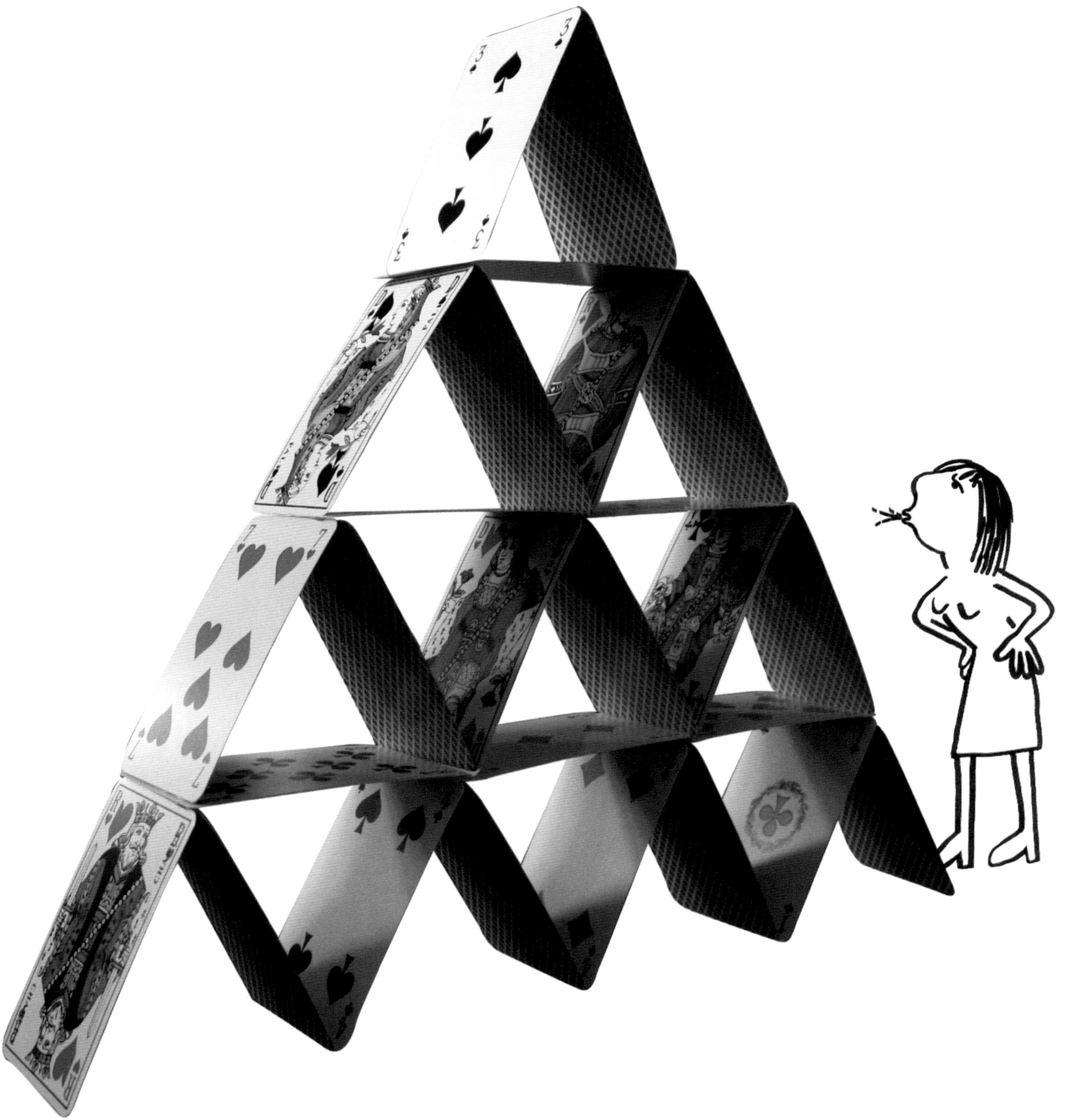

torre

não tive acesso à torre. os infinitos andares subterrâneos e circulares, por onde andavam gaiolas de lata com rodas gigantes, tinham catracas, controles automáticos, senhas e cartões que eu não possuía. precisava falar com alto-falantes, me identificar, me credenciar e a cada andar a espécie de visitante era diferente. pedestre? funcionário? carona amiga? idoso? cadeirante? visitante? trabalho temporário? os controladores diziam, através de suas caixas falantes, que eu era a mesma. a mesma se encontra no g2. a mesma está se encaminhando para o g3. a mesma não está credenciada. quando saí de minha pequena gaiola, decorei o número e a letra: c9. fui me dirigindo à torre que várias placas enormes anunciavam: acesso à torre, acesso à torre, acesso à torre. subi sete escadas rolantes, perguntei muitas vezes onde ficava o auditório, recebi um crachá e cheguei ao que imaginava ser a torre. lá, uma pobre mulher me esperava aos berros. eu estava muito atrasada e já haviam encontrado uma outra pessoa para me substituir. fiquei parada olhando os estudantes chineses sorridentes passando para entrar na torre. fui enviada de volta ao c9 no g3, que, na verdade, era b9 e a minha gaiola de rodas estava bloqueando uma outra. seria satisfatório, o homem falou, que a mesma se retirasse. a mesma se retirou. a mesma não quer ter acesso à torre.

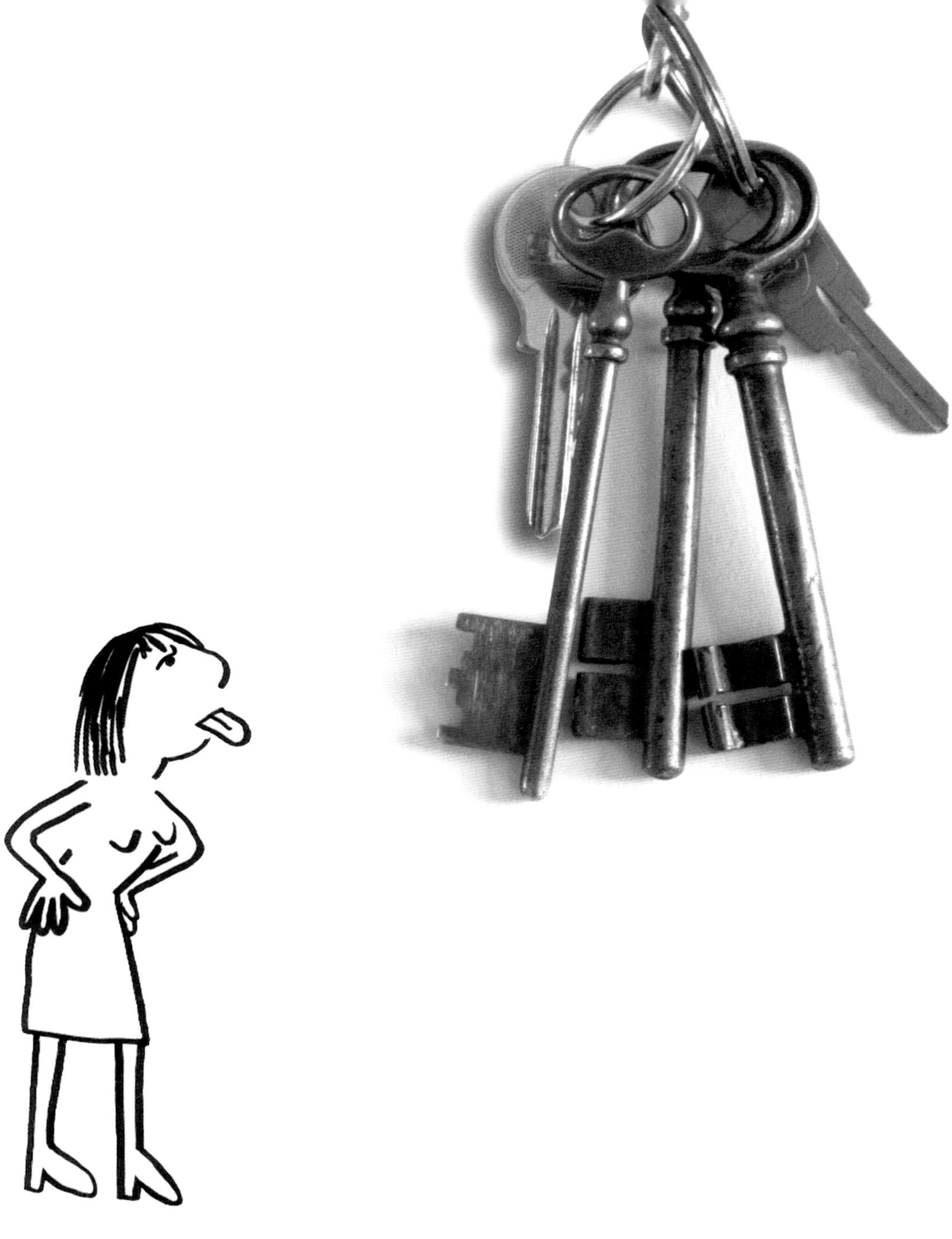

fechadura

uma fechadura tem vários buracos. uma pessoa tem todas as chaves para abrir essa grande fechadura. mas ela não consegue enfiar todas as chaves nos buracos correspondentes de uma só vez. ela tenta então colocar uma de cada vez. mas quando ela acerta uma, a outra se trava, porque a fechadura só aceita que todas as chaves sejam colocadas simultaneamente. a pessoa estuda, durante muito tempo, as coincidências entre os dentes das chaves e os orifícios de cada entrada. mas não consegue segurar tantas chaves nas posições corretas de uma só vez. cria então um mecanismo de suspensão das chaves nas posições certas, insere-as e coloca-as todas em suas entradas correspondentes ao mesmo tempo. a porta se abre, mas já se passou muito tempo para que a função cabível fosse cumprida.

ou

era um homem chamado flávio, ou um acento circunflexo na letra errada, ou um ponto de ônibus vazio, ou os braços cruzados de uma mulher muito gorda, ou as rugas nos cantos dos olhos de uma senhora que podia ser minha mãe, ou o ferrinho de prender pão solto no chão da cozinha, ou o sinal amarelo piscando sem parar numa esquina de pinheiros, ou um exercício de ginástica malfeito, ou um sonho que perambulava em busca de alguém que o sonhara, ou uma menina bonita de saia roxa, ou a meia-calça brilhante de outra menina, ou a lâmpada pequena num fiário de lâmpadas maiores, ou o paralelepípedo quebrado numa rua antiga do butantã, ou a fita de vhs numa videolocadora, ou um pedaço da meia soquete que estava um pouco desfiado, ou a alça meio arrebentada de uma mala verde, ou a prega de um vestido bonito, ou uma mosca dentro de uma teia de aranha?

machado

às vezes ouço o som de uma palavra como ax, que é machado em inglês, e tenho a sensação de estar diante não de um significado, mas da origem mesma da língua. daí penso em acha, que em português é um monte de lenha; em eixo, que em inglês é axis; na letra h, que em espanhol é ache; no próprio desenho do machado, que lembra uma letra, e que, de tão necessário e original, deve ter inspirado os primeiros inventores das letras e pictogramas; penso na letra xis e na própria palavra ax. como é possível que haja uma coincidência tão grande entre um objeto e o som que coube a ele? e por que só em inglês? por que não temos direito, nós, em português, a dizer axa para o machado?

ser

anaximandro, refletindo sobre o sentido da existência, conclui que o melhor seria não ser, já que o homem tem direito a ser, mas morre, o que tornaria a própria vida um paradoxo. bartleby, dois mil e oitocentos anos mais tarde, responderia eternamente a seu chefe, que lhe pedia uma tarefa: prefiro não fazê-lo. bartleby, que já é um enigma de rebeldia e autonomia na estranha forma de uma recusa solitária ao mundo do trabalho, fica ainda mais potente quando carregado com esse precursor pré-socrático e poderia então responder: desculpe, senhor, mas o melhor seria não ser.

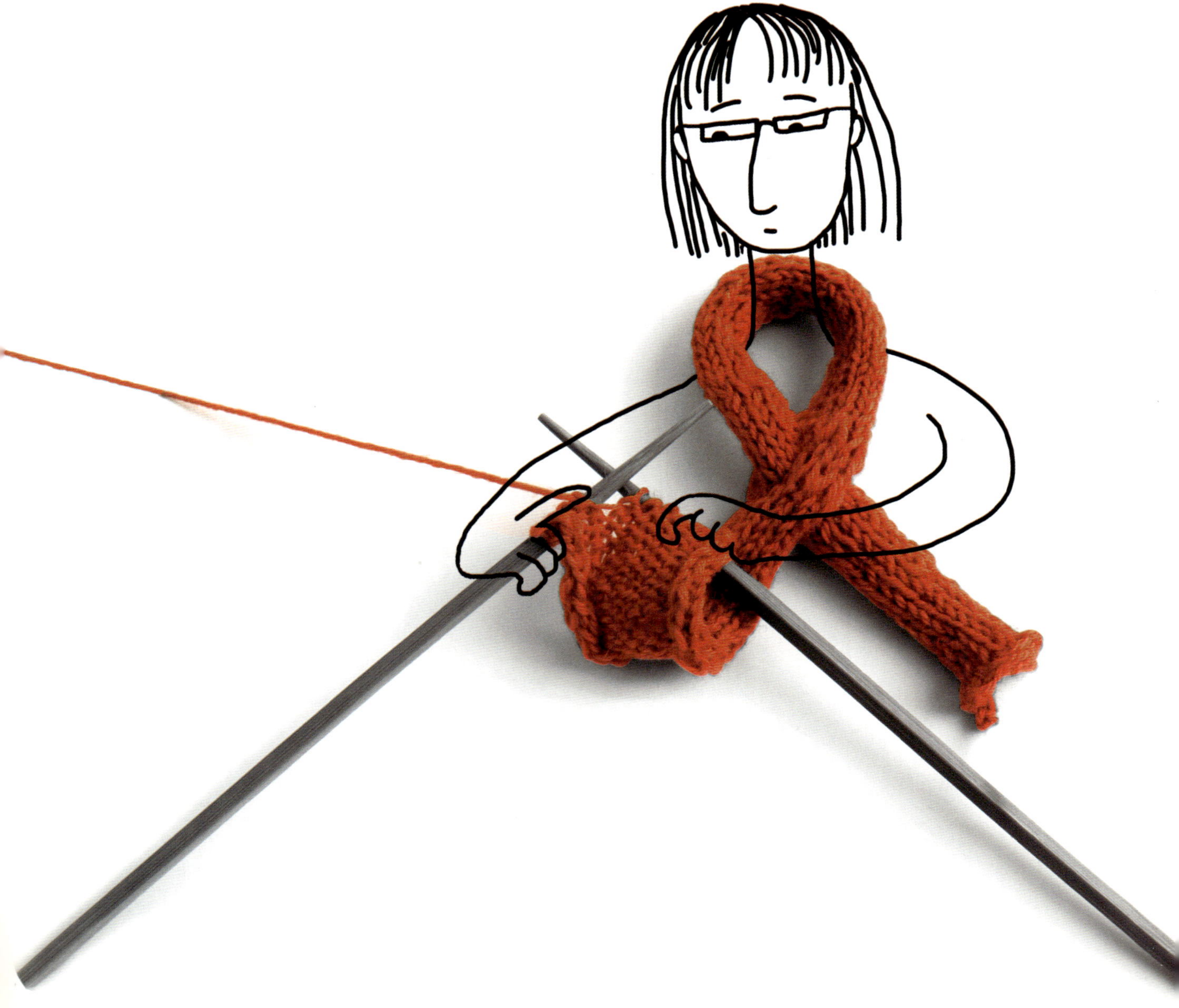

sim

quando a gente quer muito que alguma coisa dê certo, é preciso, sim, como todos dizem: paciência, perseverança, determinação. mas, acima de tudo, uma coisa é indispensável: distração.

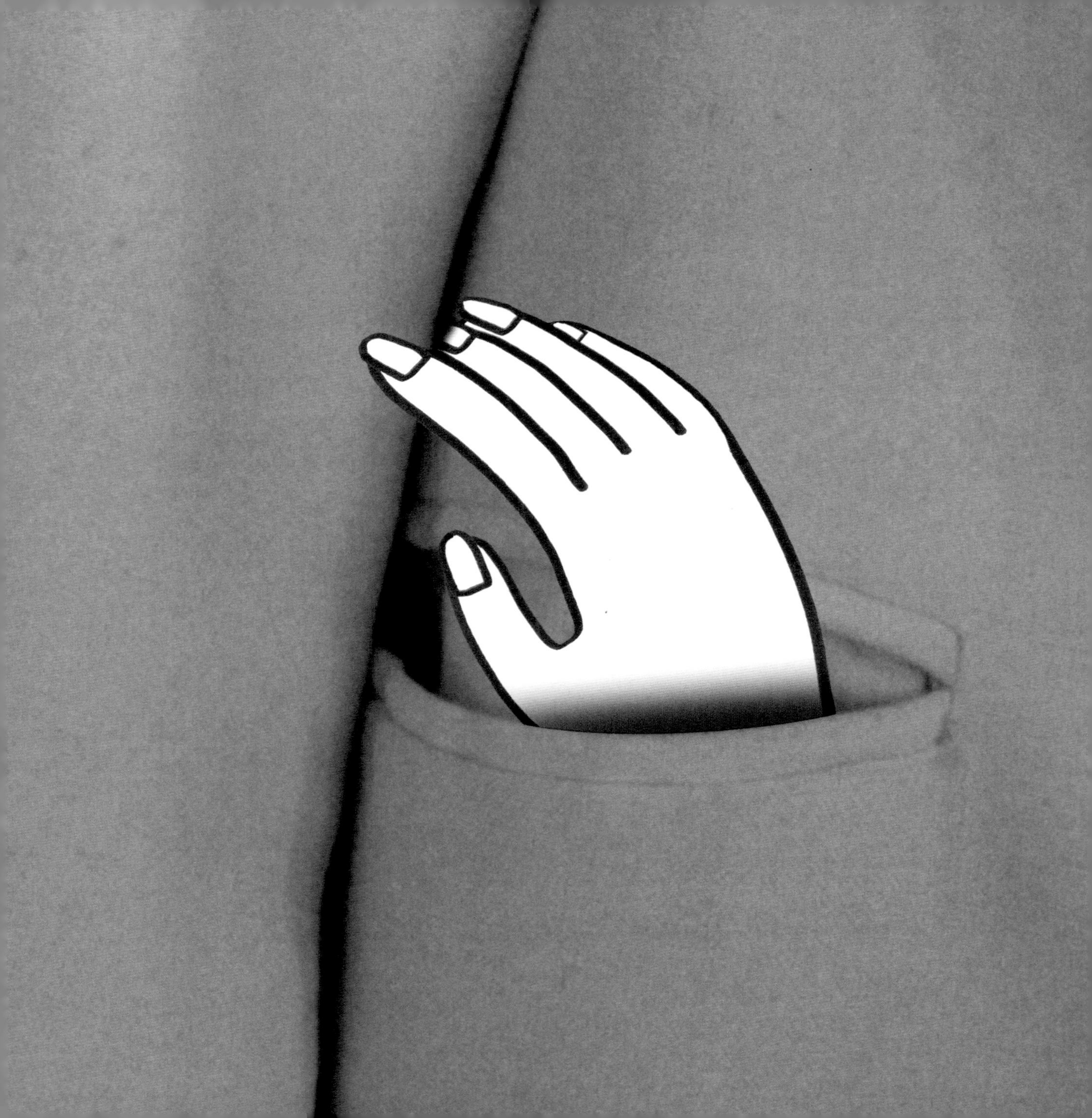

paixão

pelo que uma pessoa se apaixona? nada de substantivos abstratos, ideias, comportamentos. ninguém se apaixona pela inteligência, a generosidade, o caráter. o que move o pathos, essa febre que junta o corpo e a alma mais do que muitas religiões, é a pálpebra caída, o paletó amassado, dois canudos no lugar de um e o jeito mais aberto de pronunciar uma letra.

skype

a moça do ibge veio aqui. perguntou: tem filhos? disse que tenho e que os dois estão fora do país. daí falei: graças a deus que tem o skype. sem ele não sei o que seria de mim. ela perguntou: é seu marido?

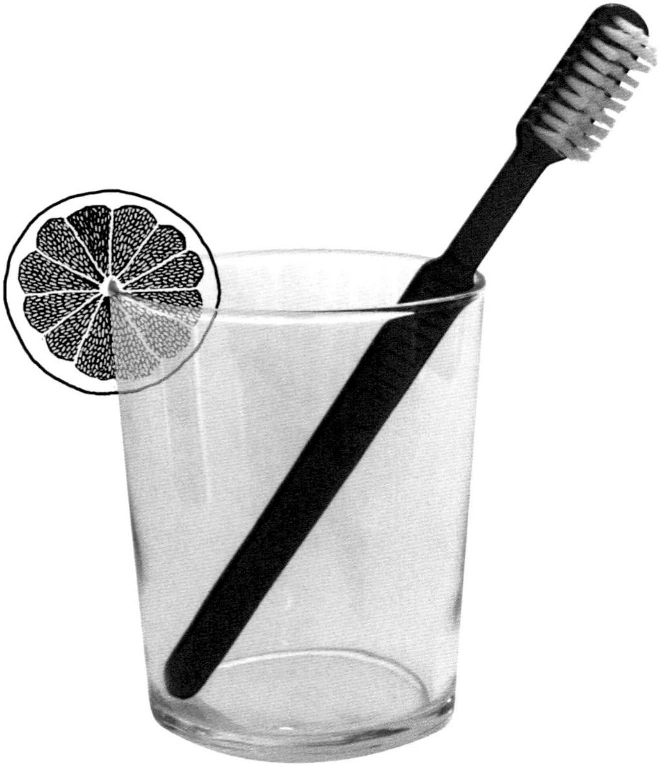

dente

como é digno ter um recipiente no banheiro onde se guardam as escovas de dentes de cada pessoa da casa e reconhecer: essa é dele, essa é dela, essa é minha. prometo, por tudo o que me é sagrado, ter um potinho para as escovas de dentes, independentemente do que possas acontecer na minha vida.

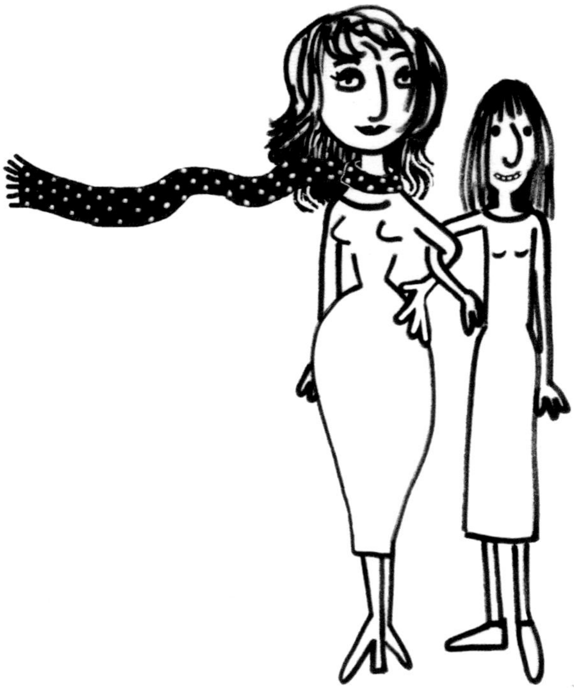

oi

adoro a palavra oi. mal parece expressão fática, de tão expressiva e comunicativa que é. como dizer melhor o reencontro, o prazer de avistar, a brevidade do cruzamento, a brasilidade do cumprimento? ela expressa alegria rápida, surpresa e, como som, ela é completa, redonda e, por ser um ditongo monossilábico decrescente, termina rapidamente e com conclusividade o que quer dizer. o oi é ótimo. mas o problema, o problema sério, com o qual não consigo me acostumar e que me atrapalha os encontros sociais, é o "tudo bem?".

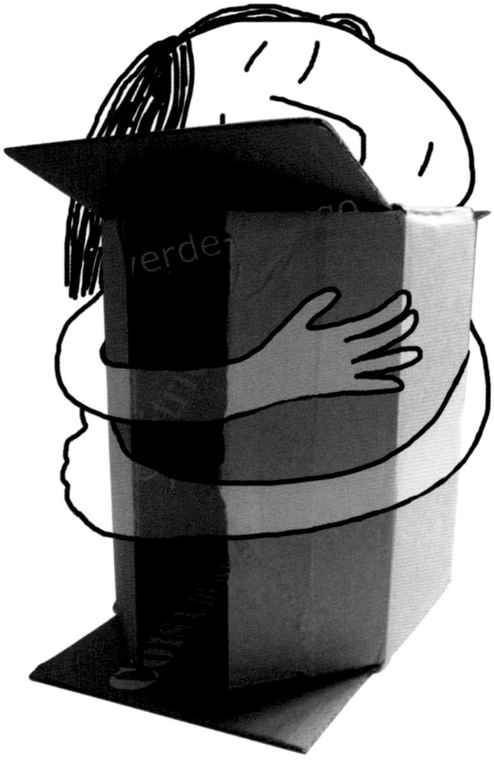

fresta

quando a gente dorme, as palavras ficam também dormindo numa caixa amarela. no momento de despertar, a tampa da caixa se abre lentamente e, pelas frestas, algumas palavras vão saindo aleatoriamente. então sai assim: "a senhora já viu uma coisa dessas?"; "lambuzado"; "dá cá aquela palha"; "verde-musgo"; "atrás do trio elétrico". elas aparecem já na nossa boca e, quando vemos, estamos falando. daí elas saem para o ar, onde se misturam com o relógio, a luz do dia, os barulhos distantes. elas não gostam muito disso e voltam para perto de nós, já todas arrumadinhas. querem entrar. a gente pega as palavras, dá uma organizada e, também um pouco tristes, condescendemos e começamos a falar coisa com coisa.

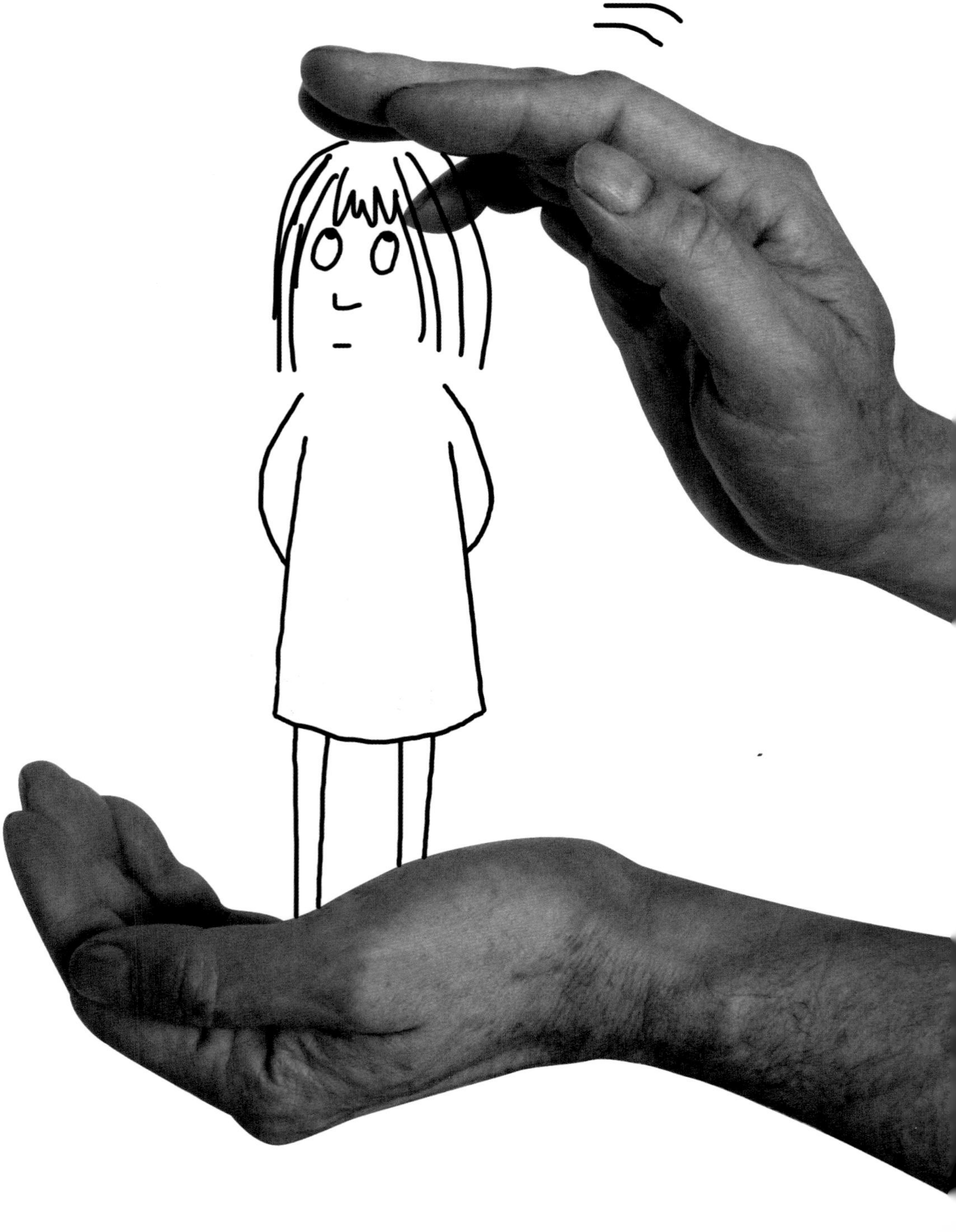

bastante

desconfio que a palavra bastante, ao menos do modo como vem sendo usada, é mentirosa. ela diz exatamente o contrário daquilo que parece dizer. dizer que alguma coisa é "bastante boa" é um eufemismo para não dizer que ela é ruim. o mesmo com "bastante inteligente", "gostei bastante" e, principalmente, para a pior de todas as apreciações de alguma coisa: "bastante interessante". que a vida sempre me proteja de ser "bastante interessante". afinal, bastante é só o que basta e só o que basta não é bastante.

TRIPOUX n. m. pl. Plat auvergnat ou rouergat composé de tripes de pieds de mouton.
TRISSER v. i., ou TRISSER
TRISTE adj.
TRIVALENT, E adj. Chim. Qui possède la valence 3.
TRIVIAL, E, AUX adj. (lat. trivialis; de trivium, carrefour). Vulgaire, grossier : expression triviale. || D'une évidence banale et sans
rêt. || Math. Se dit d'une grandeur qui présente un caractère particulier insolite, d'une relation que son évidence rend banale et souvent sans intérêt.
TRIVIALEMENT adv. De façon triviale.
TRIVIALITÉ n. f. Caractère de ce qui est trivial; pensée ou expression triviale.
TROC n. m. (de troquer). Échange direct d'un objet contre un autre. || Système économique n'employant pas la monnaie.
TROCART n. m., ou TROIS-QUARTS
TROGNE n. f. (mot gaul.).
grotesque ou comique révélant l'usage de la bonne chère.
TRat n. m.
TROGNON n. m.
TROÏKA n. f. (mot russe).

intersecção

trivial, etimologicamente, é a posição da prostituta que espera na intersecção entre três caminhos. sempre achei que só a trivialidade nos salvaria da mediocridade e das alturas, onde só moram deuses e santos. mas não sabia que, desde sua origem lexical, ela o faria de forma tão precisa e criativa.

bacalhau

sozinha em são paulo, me dei de presente ir ao melhor restaurante de bacalhau da cidade. mas nenhum, nenhum bacalhau aguenta as conversas que ouvi: "tenho mais perfil corporativo que de empreendedorismo"; " com uma conversinha aqui, outra ali, elegemos ele prefeito fácil, fácil"; "não quero dispor da lígia de forma alguma; ela é uma excelente funcionária"; "se esse partideco ganhar, melhor; assim me mudo de uma vez pros estados unidos e abro uma consultoria"; "quanto vai sair: doze, no máximo doze milhões; quinze, nem pensar"; "uma mensalidade escolar aqui em são paulo não sai por menos de três mil reais por mês, contando balé, inglês e umas aulinhas de teatro" e o mais indigesto de todos, ainda regado ao som de uma bossa-
-nova de elevador: "os banheiros aqui de são paulo não se comparam com os da suíça".

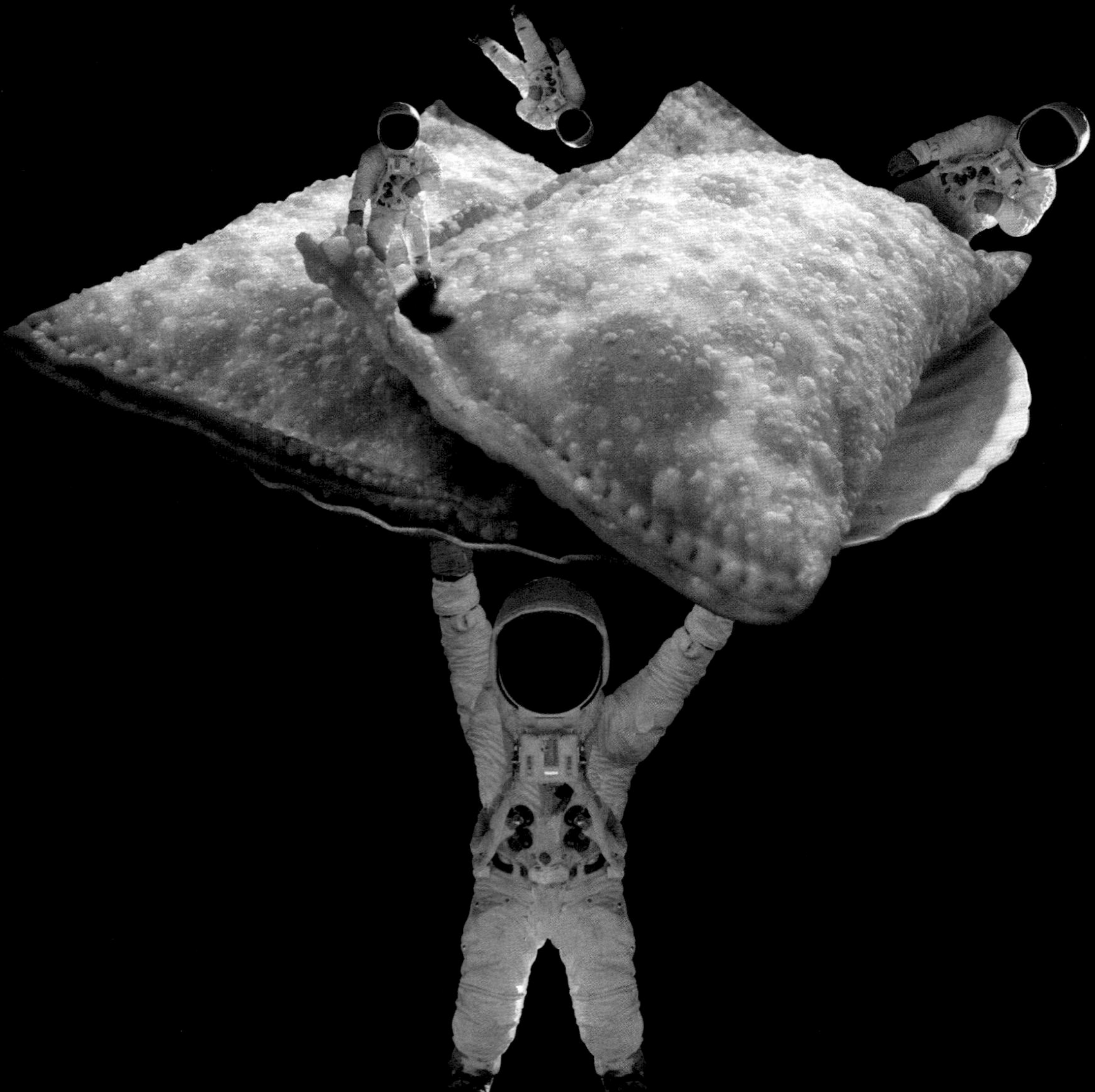

mortadela

de algumas coisas que mais me lembro na vida: o pedacinho de vidro de garrafa tônica que eu quase engoli; o sanduíche de mortadela da padaria da tocantins com a guarani; o dinheiro enrolado num elástico que meu pai carregava no bolso lateral da calça de tergal; o henrique se escondendo atrás da cortina enorme da sala da quarta série e me gritando búuuu; o zé maria me chamando de boemiiiiiia quando eu entrava na sala do segundo a; minhas cinco viagens completas entre santana e jabaquara quando o metrô inaugurou em mil novecentos e setenta e quatro; o seriado da família holandesa que naufragava e vivia numa ilha com casinhas no topo das árvores; a brincadeira que eu e a suely fazíamos no rádio da sala da casa dela, fingindo que era foguete; o toddy batido no liquidificador na casa da tia richa; o porta-guardanapos com nome do dono, na mesma casa da tia richa; o táxi de um banco só em que minha mãe e eu íamos ao cine paissandu, todos os domingos de manhã, assistir à matinê; os dois pastéis de queijo que minha mãe me comprava no largo do paissandu, depois da matinê; o menino que, enquanto eu dormia numa poltrona do ônibus, na volta da colônia de férias, se sentou lá de surpresa e, quando eu abri os olhos, disse que gostava de mim.

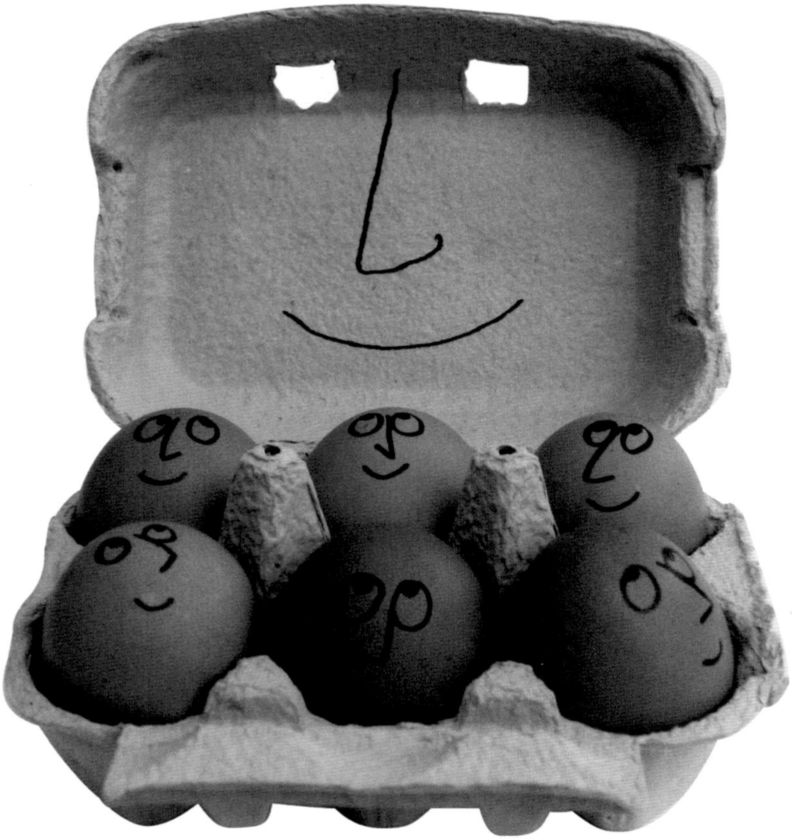

ovo

o ovo cozido (que na minha família é ovo duro) é a expressão máxima da dignidade culinária. simples, perfeito na sua integridade de forma, sabor, cores e textura, é a comida dos imigrantes russos ou japoneses chegando ao brasil nas décadas de quarenta e cinquenta, do migrante nordestino que chega a são paulo, da lancheira preparada pelas mães pobres e ricas. não se rende a situações de extrema carência, mantendo sempre classe e altivez; não se subordina a preparos muito refinados, pronunciando-se mesmo sobre os ingredientes mais raros. pede isolamento, para que sua inteireza permaneça como uma das verdades absolutas, em que sempre se pode confiar. consola os tristes, alimenta o corpo e a alma e alegra ainda mais aqueles que somente o buscam por diversão. mas não se deve brincar demais com o ovo cozido. ele é sério e, de alguma forma, impenetrável. preenche nossas necessidades mais íntimas, mas não permite violar seu mistério. o ovo cozido é ainda mais palindrômico, completo, circular, inviolável.

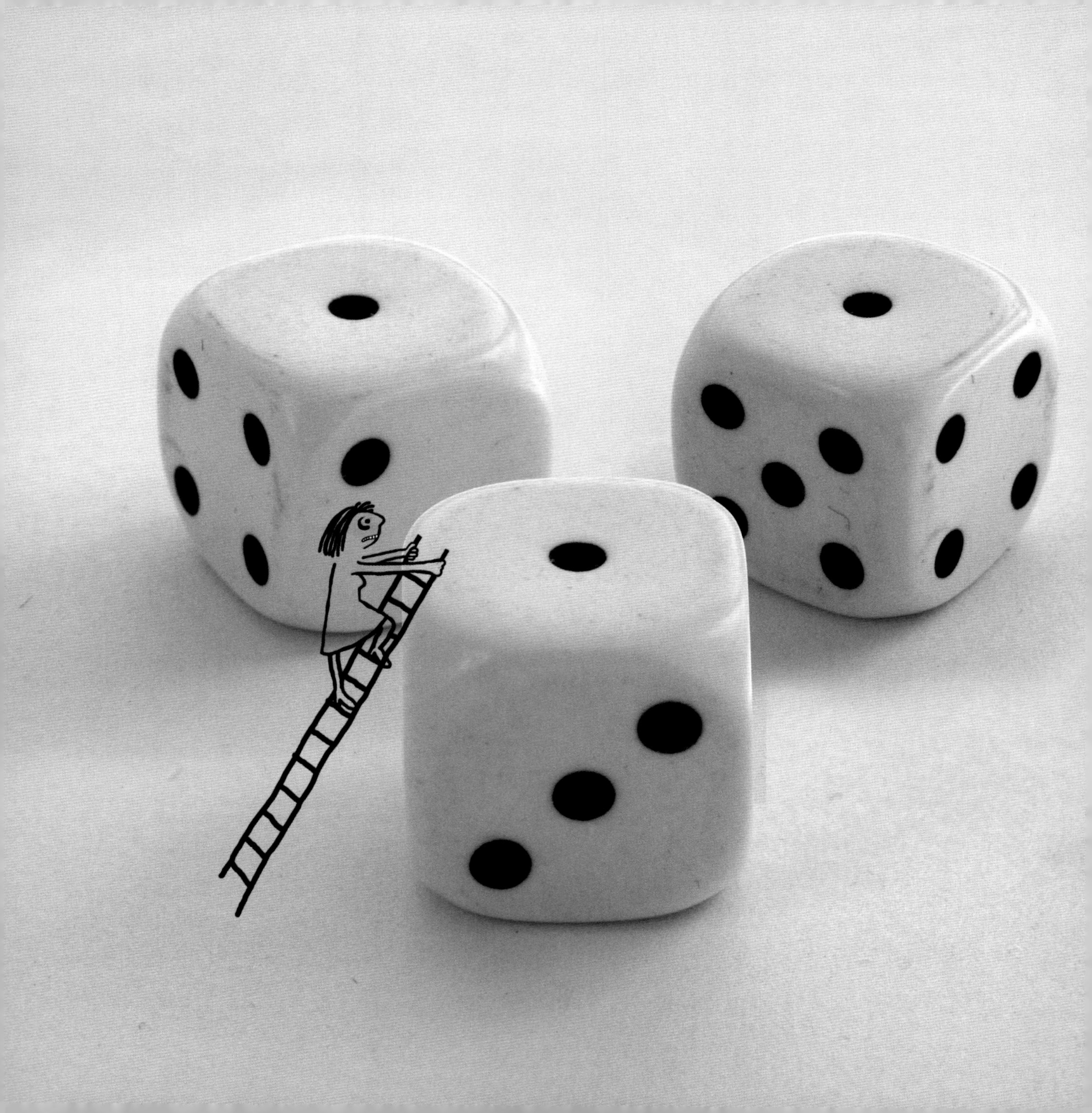

finalidade

imagino que, em função de uma das acepções do verbo "dar" ser a de "resultar", como em "dois em dois dá quatro" ou como em "deu uma dor nas costas", os falantes do português, por associação, acabaram criando a ideia de uma coisa "dar certo" ou "dar errado". é, no fundo, a ideia de que uma coisa resultou certa ou errada. isso, aplicado a relacionamentos, é terrível. um relacionamento resultar errado significa que, como finalidade, ele não correspondeu ao que se esperava dele. mas desde quando um relacionamento é a sua finalidade? se ele aconteceu, ele "se deu"; não "deu certo nem errado". aconteceu. e, até onde sei e acredito, é disso que se trata estar junto.

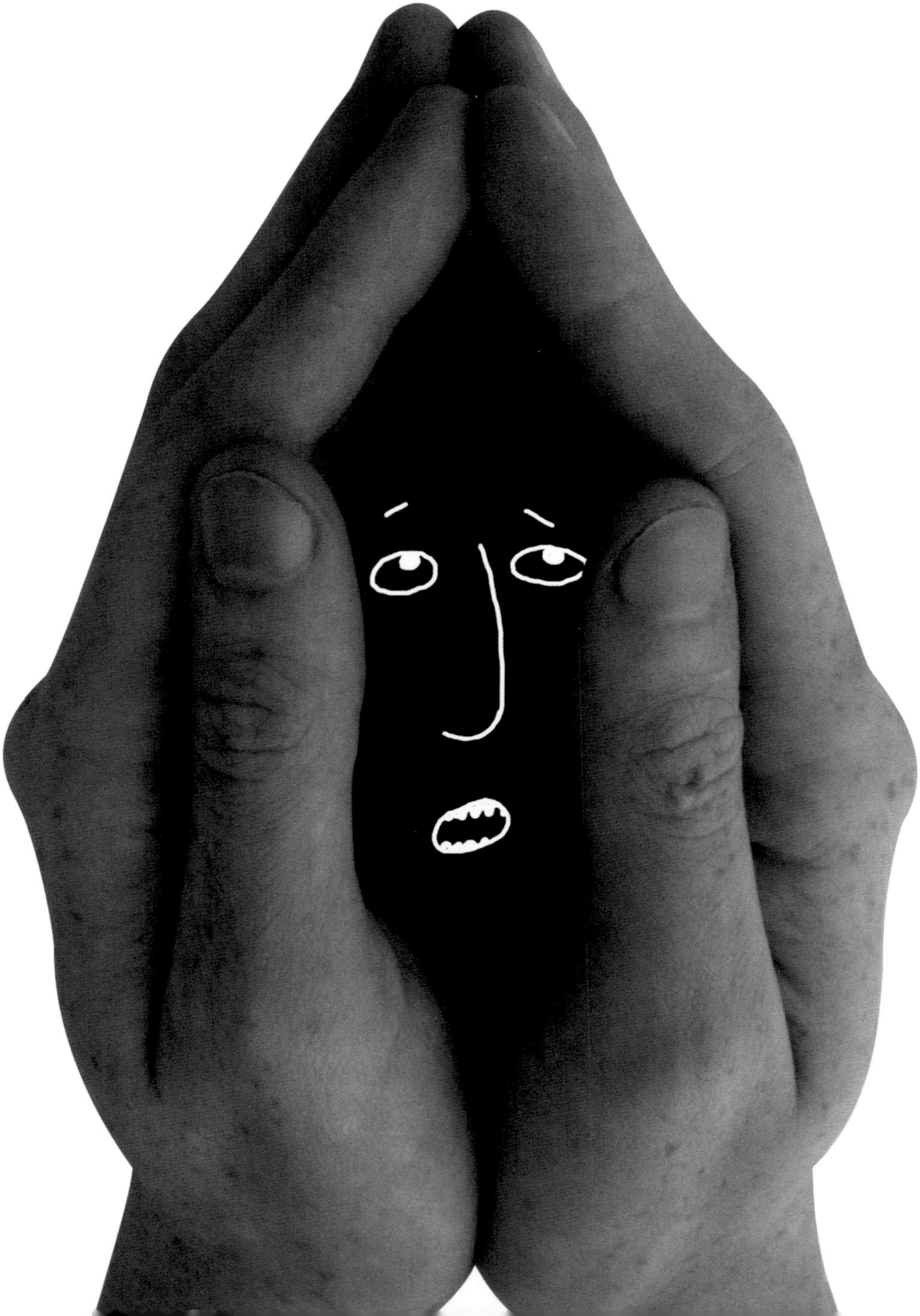

vão

clarice lispector, através de rodrigo s.m., o narrador de a hora da estrela, diz que "rezar é conseguir um oco de alma" e que não se pode querer mais do que isso. rezo, mesmo sem saber em que acredito ou mesmo se acredito, porque na reza abre-se um vão entre as palavras, um vão de palavras e por ela eu sei que posso sim, e me alegra, dizer o nome de deus em vão.

1ª edição agosto de 2011 | **Diagramação** Casa de Ideias
Fonte Georgia | **Papel** Couché fosco 170gr | **Impressão e acabamento** Corprint